# Nezha

# Nezha

A Story in Easy Chinese, Pinyin and English

518 Word Chinese Vocabulary

by Ting Gao

Published in the United States by Imagin8 Press LLC, Verona, Pennsylvania, US. For information, contact us via email at info@imagin8press.com.

Our books may be purchased directly in quantity at a reduced price, visit www.imagin8press.com for details.

Imagin8 Press, the Imagin8 logo and the sail image are all trademarks of Imagin8 Press LLC.

Written by Ting Gao
Edited by Xiao Hui Wang and Jeff Pepper
Cover artwork by NextMars, Liuyang, China
Audiobook narration by Junyou Chen

ISBN: 978-1959043706
Version 8.0

# Acknowledgements

Many thanks to the team at Next Mars for their cover artwork, Xiao Hui Wang for editing the Chinese, Rui Zhang for proofreading the Chinese, Jeff Pepper for editing and proofreading the English, Jean Agapoff and Arnaud Ysmal for their careful final proofing of the entire book, and Junyou Chen for the audiobook narration.

# Audiobook

A complete Chinese language audio version of this book is available free of charge. To access it, go to YouTube.com and search for the Imagin8 Press channel. There you will find free audiobooks for this and many other books.

You can also visit our website, www.imagin8press.com, to find a direct link to the YouTube audiobook, as well as information about our other books.

# Contents

# Introduction

Nezha is a captivating retelling of one of China's most beloved mythological heroes. Nezha, whose bravery, resilience, and unwavering sense of justice have inspired generations, is at the heart of this powerful story. This book presents Nezha's epic journey in easy-to-read Chinese, giving you the opportunity to immerse yourself in a classic story filled with adventure, magic, and self-discovery.

Born with extraordinary powers and destined for greatness, Nezha exhibits a rebellious and fearless nature. He embarks on thrilling adventures, including an iconic battle with the Dragon King of the East Sea. A tragic misunderstanding leads to devastating consequences for his family, but Nezha's self-sacrifice results in his rebirth through a lotus flower, symbolizing his resilience and transformation.

With the guidance and blessings of his master, Taiyi Zhenren, Nezha uses his vast powers to fight the forces of evil and assist the rebel leader Jiang Ziya in overthrowing the tyrannical King Zhou. Armed with magical weapons and the gift of three heads and six arms, Nezha becomes an unstoppable force of justice, ready to confront any challenge. His journey ultimately leads him to the path of deification, where he reflects on his growth and purpose and chooses to follow his heart.

The legend of Nezha has roots in ancient Chinese folklore and religious traditions, with early references traced back to Tang Dynasty Buddhist texts and Song Dynasty Daoist narratives. His story was later popularized and dramatized in the Ming Dynasty novel *Fengshen Yanyi* (*Investiture of the Gods*), a 16th-century work attributed to Xu Zhonglin but likely shaped by collective oral and literary traditions. This novel masterfully combines history and mythology, recounting the downfall of the Shang dynasty and the rise of the Zhou (周, pronounced **Zhōu**) dynasty. At the center of this historical shift is King Zhou (纣, pronounced **Zhòu**), the last ruler of the Shang dynasty, whose tyrannical reign and immoral actions, including the execution of loyal ministers and the suffering inflicted upon his people, led to widespread rebellion. Nezha's role in the story is pivotal as he aids Prime Minister Jiang Ziya, a wise strategist, in destroying the corrupt King Zhou and restoring justice.

Nezha's tale in this epic novel has, over centuries, inspired countless adaptations in literature, opera, film, and animation, captivating audiences with its themes of transformation, self-sacrifice, and heroism.

At its core, the legend of Nezha is about courage, responsibility, personal growth, and the eternal battle between good and evil. Nezha's journey encourages readers to embrace their uniqueness, face their challenges with determination, and strive for harmony with the world around them.

Our retelling of the Nezha legend is specially designed for Chinese language learners of all ages. By maintaining the core themes of the original tale while using a limited vocabulary and straightforward narration, this book makes Nezha's story engaging and easy to follow, especially for those discovering this legendary hero for the first time.

Whether you're a fan of mythology, a student learning to read Chinese, or someone seeking an inspiring story of resilience, we hope you will find Nezha's legendary tale inspiring. Join Nezha as he faces the impossible, fights for justice, and discovers the true meaning of courage and self-realization.

Nézhā

Dì Yī Zhāng: Nézhā Chūshì

Cóngqián, yǒu yīgè jiào Lǐ Jìng de rén. Tā cóngxiǎo xuéxí dàoshù. Tā měitiān nǔlì liànxí, xiǎng yǐhòu dāng shénxiān. Kěshì dāng shénxiān tài nán le, hòulái tā méi zuò dào, jiù bù zài xué le. Yúshì, Lǐ Jìng jiù qù le Chéntáng Guān, dāng le Zǒngbīng. Tā fùzé bǎohù Chéntáng Guān de ānquán. Guò shàng le hěn hǎo de shēnghuó.

Lǐ Jìng de qīzi Yīn fūrén shì yīgè měilì de nǔrén. Tāmen yǒu liǎng gè érzi, dà érzi jiào Jīnzhā, èr ér

# 哪吒

## 第一章：<u>哪吒</u>出世

从前，有一个叫<u>李靖</u>的人。他从小学习道术[1]。他每天努力练习，想以后当神仙[2]。可是当神仙太难了，后来他没做到，就不再学了。于是，<u>李靖</u>就去了<u>陈塘关</u>，当了<u>总兵</u>[3]。他负责保护<u>陈塘关</u>的安全。过上了很好的生活。

<u>李靖</u>的妻子<u>殷</u>夫人是一个美丽的女人。他们有两个儿子，大儿子叫<u>金吒</u>，二儿

---

[1] 道术　　dàoshù – Daoist magic or spiritual skills
[2] 神仙　　shénxiān – immortals with magic power in Chinese myths
[3] 总兵　　zǒngbīng – regional military commander

zi jiào Mùzhā. Zhè liǎng gè háizi cóngxiǎo jiù hé dàoshì xuéxí dàoshù.

Yītiān, Yīn fūrén gàosù Lǐ Jìng, tā dùzi lǐ yòu yǒu háizi le. Lǐ Jìng tīng le hěn gāoxìng, liǎng rén kāixīn de děngzhe háizi de chūshēng. Kěshì, shí gè yuè guòqù le, háizi méiyǒu chūshēng. Yī nián guòqù le, liǎng nián guòqù le, sān nián le, Yīn fūrén de dùzi hái shì dàdà de, háizi hái shì méiyǒu chūshēng.

Lǐ Jìng hěn dānxīn, tā duì Yīn fūrén shuō, "Zhèngcháng de háizi shí gè yuè jiù chūlái le, zhège háizi yǐjīng zài nǐ dùzi lǐ sān nián bàn le, dōu hái méiyǒu chūshēng, zhè tài qíguài le. Wǒ dānxīn, dùzi lǐ de shì bùshì qíguài de dōngxī?"

子叫木吒。这两个孩子从小就和道士[4]学习道术。

一天，殷夫人告诉李靖，她肚子里又有孩子了。李靖听了很高兴，两人开心地等着孩子的出生。可是，十个月过去了，孩子没有出生。一年过去了，两年过去了，三年了，殷夫人的肚子还是大大的，孩子还是没有出生。

李靖很担心，他对殷夫人说，"正常的孩子十个月就出来了，这个孩子已经在你肚子里三年半了，都还没有出生，这太奇怪了。我担心，肚子里的是不是奇怪的东西？"

---

[4] 道士　dàoshi – Daoist priest

Yīn fūrén tīng le, hěn bù kāixīn, tā shuō, "Wǒ yě bù zhīdào wèishénme zhè háizi hái bù chūshēng, wǒ gǎnjué hěn bù hǎo, wǒ hěn hàipà." Lǐ Jìng tīng le Yīn fūrén shuō de, gèng juéde zhè háizi yǒu wèntí, tā fēicháng dānxīn.

Zhè tiān wǎnshang, Yīn fūrén zuòmèng kànjiàn yīgè dàoshì zǒu jìn tā de fángjiān. Dàoshi shǒu lǐ názhe yīgè xiǎo qiú yīyàng de dōngxī, xiàng Yīn fūrén zǒu lái. Yīn fūrén hěn shēngqì, duì dàoshì shuō, "Zhè shì wǒ de fángjiān, nǐ zěnme néng zhíjiē jìnlái, nǐ chūqù!"

Dàoshi shuō, "Yīn fūrén nǐ bié hàipà, wǒ shì lái gěi nǐ sòng háizi de, kuài názhe!" Shuō wán, Yīn fūrén hái méi huídá, dàoshì jiù bǎ nàge xiǎo qiú fàng dào Yīn fūrén shǒu lǐ, ránhòu líkāi le.

殷夫人听了，很不开心，她说，"我也不知道为什么这孩子还不出生，我感觉很不好，我很害怕。"李靖听了殷夫人说的，更觉得这孩子有问题，他非常担心。

这天晚上，殷夫人做梦看见一个道士走进她的房间。道士手里拿着一个小球一样的东西，向殷夫人走来。殷夫人很生气，对道士说，"这是我的房间，你怎么能直接进来，你出去！"

道士说，"殷夫人你别害怕，我是来给你送孩子的，快拿着！"说完，殷夫人还没回答，道士就把那个小球放到殷夫人手里，然后离开了。

Yīn fūrén yī ná dào nàge xiǎo qiú, jiù hěn hàipà, liú le hěnduō hàn, tā mǎshàng xǐng le. Yīn fūrén hěn jǐnzhāng, mǎshàng jiào Lǐ Jìng, bǎ zuò de mèng gàosù le tā. Lǐ Jìng tīng le yě juéde hěn qíguài, shuō, "Zhège mèng shì shénme yìsi? Shì bùshì háizi yào chūshēng le?"

Zhè shí, Yīn fūrén de dùzi téng le qǐlái. Lǐ Jìng fēicháng zhāojí, mǎshàng ràng púrén zuò zhǔnbèi, yòu ràng rén zhǎo le yīshēng lái. Ránhòu Lǐ Jìng zìjǐ zuòzhe xiūxi, děngzhe de shíhou xiǎng, zhège háizi zài Yīn fūrén dùzi lǐ yǐjīng sān nián bàn le, xiànzài yào chūshēng le, bù zhīdào shēng chūlái shì hào hái shì bù hǎo.

Lǐ Jìng zhèngzài xiǎngzhe, liǎng gè púrén pǎo le jìnlái, tāmen fēicháng hàipà de jiàozhe, "Bù hǎo le, bù hǎo le, Yīn fūrén shēng le yīgè qiú!" Lǐ Jìng yī tīng, názhe jiàn jiù pǎo qù fángjiān.

殷夫人一拿到那个小球，就很害怕，流
了很多汗，她马上醒了。殷夫人很紧
张，马上叫李靖，把做的梦告诉了他。
李靖听了也觉得很奇怪，说，"这个梦
是什么意思？是不是孩子要出生了？"

这时，殷夫人的肚子疼了起来。李靖非
常着急，马上让仆人做准备，又让人找
了医生来。然后李靖自己坐着休息，等
着的时候想，这个孩子在殷夫人肚子里
已经三年半了，现在要出生了，不知道
生出来是好还是不好。

李靖正在想着，两个仆人跑了进来，他
们非常害怕地叫着，"不好了，不好
了，殷夫人生了一个球！"李靖一听，
拿着剑就跑去房间。

Lǐ Jìng jìn le fángjiān, kàn dào fángjiān lǐ dōu shì hóngsè, kōngqì zhòng yǒu hěn xiāng de wèidào. Dìshàng yǒu yīgè qiú zài hěn kuài de zhuàn. Lǐ Jìng fēicháng chījīng, tā ná qǐ jiàn, yīxià dǎ xiàng nàge qiú.

Dàjiā tīngjiàn "Pēng" de shēngyīn, qiú kāi le. Lǐmiàn pǎo chū yīgè xiǎohái, tā liǎn hónghóng de, shēntǐ báibái de, fēicháng kě'ài. Tā de shǒu shàng yǒu yīgè huángsè de quān, shēnshang yǒu yītiáo hóngsè de dōngxī. Zhè liǎng gè dōngxī zài fāguāng.

Lǐ Jìng kànjiàn zhège kě'ài de xiǎohái dàochù pǎo, gèng juéde chījīng. Tā fàngxià jiàn xiǎng, "zhème kě'ài de háizi, zěnme huì shì qíguài de dōngxī? Wǒ yīnggāi hǎohǎo ài tā, bùyào dǎ tā." Tā zǒu guòqù bǎ háizi bào qǐlái, dài gěi Yīn fūrén kàn.

李靖进了房间，看到房间里都是红色，空气中有很香的味道。地上有一个球在很快地转。李靖非常吃惊，他拿起剑，一下打向那个球。

大家听见"砰"的声音，球开了。里面跑出一个小孩，他脸红红的，身体白白的，非常可爱。他的手上有一个黄色的圈，身上有一条红色的东西。这两个东西在发光。

李靖看见这个可爱的小孩到处跑，更觉得吃惊。他放下剑想，"这么可爱的孩子，怎么会是奇怪的东西？我应该好好爱他，不要打他。"他走过去把孩子抱起来，带给殷夫人看。

Yīn fūrén kàn dào zhège háizi, xiào le qǐlái, shuō, "Tā zhēn kě'ài!"

Suīrán Lǐ Jìng hé Yīn fūrén dōu hěn xǐhuan zhège háizi, dàn yīnwèi zhè háizi de chūshēng tài tèbié le, suǒyǐ tāmen háishì hěn dānxīn.

Dì èr tiān, Lǐ Jìng de péngyoumen dōu lái zhùhè tā. Lǐ Jìng fēicháng gāoxìng, bǎ háizi bào gěi dàjiā kàn, dàjiā dōu hěn kāixīn. Péngyǒumen gāng zǒu, yīgè púrén pǎo lái gàosù Lǐ Jìng, yǒu yīgè dàoshì xiǎngjiàn tā.

Yīnwèi Lǐ Jìng cóngxiǎo xuéxí dàoshù, hěn xǐhuan dàoshì, suǒyǐ tā mǎshàng duì púrén shuō, "Kuài qǐng tā lái."

Dàoshi jìnlái le, tā xiàozhe duì Lǐ Jìng wènhǎo. Lǐ Jìng mǎshàng qǐng dàoshì zuò zài lí tā zuìjìn de dìfāng, tā wèn dàoshì, "Qǐngwèn nín cóng nǎ lái de a? Jīntiān wèishénme lái zhǎo wǒ ne?"

殷夫人看到这个孩子，笑了起来，说，
"他真可爱！"

虽然李靖和殷夫人都很喜欢这个孩子，
但因为这孩子的出生太特别了，所以他
们还是很担心。

第二天，李靖的朋友们都来祝贺他。李
靖非常高兴，把孩子抱给大家看，大家
都很开心。朋友们刚走，一个仆人跑来
告诉李靖，有一个道士想见他。

因为李靖从小学习道术，很喜欢道士，
所以他马上对仆人说，"快请他来。"

道士进来了，他笑着对李靖问好。李靖
马上请道士坐在离他最近的地方，他问
道士，"请问您从哪来的啊？今天为什
么来找我呢？"

Dàoshi shuō, "Wǒ cóng Qiányuán Shān lái de. Wǒ de míngzi jiào Tàiyǐ Zhēnrén. Wǒ shì lái zhùhè nín yǒu le gè háizi. Wǒ hái xiǎng kàn kàn zhè háizi, bù zhīdào nín tóngyì ma?"

Lǐ Jìng yī tīng dàoshì de yāoqiú, mǎshàng ràng púrén bǎ háizi bào lái. Tā duì dàoshì shuō, "Nín kàn zhè háizi shì bùshì hěn tèbié?"

Dàoshi kàn le kàn háizi, xiàozhe shuō, "Zhège háizi shì hěn tèbié. Tā shǒu shàng huángsè de quān jiào Qiánkūn Quān, shēnshang hóngsè de dōngxī jiào Húntiān Líng, tāmen kě

道士说，"我从乾元山来的。我的名字叫太乙真人。我是来祝贺您有了个孩子。我还想看看这孩子，不知道您同意吗？"

李靖一听道士的要求，马上让仆人把孩子抱来。他对道士说，"您看这孩子是不是很特别？"

道士看了看孩子，笑着说，"这个孩子是很特别。他手上黄色的圈叫乾坤圈[5]，身上红色的东西叫混天绫[6]，它们可

---

[5] 乾坤圈  Qiánkūn Quān – Universe Bracelets, a pair of yellow gold bracelets, magical weapons that can expand, shrink, and strike enemies with immense force
[6] 混天绫  Hùn Tiān Líng – Red Armillary Sash, a magical red silk ribbon often wrapped around Nezha's body. It has the power to bind, attack, or defend, making it an essential weapon in battles.

Dōu shì dào shù zhōng zuì hǎo de dōngxī! Gàosù wǒ, zhège háizǐ shì yītiān zhōng shénme shíhou chūshēng de?"

Lǐjìng huídá, "Shì wǎnshang."

Dàoshi gǎnjué bù tài hǎo, tā shuō, "Zhè háizǐ wǎnshang chūshēng, yǐhòu huì hěn tèbié, kěnéng huì jīnglì hěnduō máfan."

Lǐjìng tīng le yǒuxiē dānxīn, wèn, "Tàiyǐ Zhēnrén, zhè háizǐ huì yǒu wéixiǎn ma?"

Dàoshi shuō, "Wéixiǎn shì yǒu, dàn zhè háizǐ yǐhòu huì hěn lìhài, yào zuò dàshì."

Dàoshi yòu wèn, "Háizǐ yǒu míngzi le ma?"

"Hái méiyǒu."

都是道术中最好的东西！告诉我，这个孩子是一天中什么时候出生的？"

李靖回答，"是晚上。"

道士感觉不太好，他说，"这孩子晚上出生，以后会很特别，可能会经历很多麻烦。"

李靖听了有些担心，问，"太乙真人，这孩子会有危险吗？"

道士说，"危险是有，但这孩子以后会很厉害，要做大事。"

道士又问，"孩子有名字了吗？"

"还没有。"

"Nà jiù ràng wǒ lái gěi tā qǔ gè míngzi ba, ràng wǒ zuò tā de lǎoshī, dàizhe tā xuéxí dào shù, nín juéde zěnme yàng?"

Lǐjìng hěn gāoxìng, shuō, "Néng gēn nín xuéxí, nà tài hǎo le!"

Dàoshi wèn, "Nín yǒu jǐ gè háizǐ?"

Lǐ Jìng huídá, "Wǒ hái yǒu liǎng gè er zǐ, dà érzǐ jiào Jīnzhā, èr érzǐ jiào Mùzhā, tāmen dōu gēn dàoshì zàixué dào shù. Zhè háizǐ de míngzi, huán qǐng nín juédìng, yǒu míngzi le, jiù kěyǐ dāng nín de xuéshēng."

Dàoshi xiǎng le xiǎng, shuō, "Nà tā jiù jiào Nézhā ba, cóng jīntiān kāishǐ, zhè háizǐ jiùshì wǒ de xuéshēng le, wǒ huì jiào tā dào shù, ràng tā bǎohù shìjiè."

"那就让我来给他取个名字吧，让我做他的老师，带着他学习道术，您觉得怎么样？"

李靖很高兴，说，"能跟您学习，那太好了！"

道士问，"您有几个孩子？"

李靖回答，"我还有两个儿子，大儿子叫金吒，二儿子叫木吒，他们都跟道士在学道术。这孩子的名字，还请您决定，有名字了，就可以当您的学生。"

道士想了想，说，"那他就叫哪吒吧，从今天开始，这孩子就是我的学生了，我会教他道术，让他保护世界。"

Lǐ Jìng gǎnxiè dàoshì gěi le Nézhā míngzi, hái ràng Nézhā dāng tā xuéshēng. Lǐ Jìng ràng púrén qù zhǔnbèi chī de, dàn Tàiyǐ Zhēnrén shuō tā yào mǎshàng huíqù, yúshì Tàiyǐ Zhēnrén jiù qù le Qiányuán Shān.

李靖感谢道士给了哪吒名字，还让哪吒当他学生。李靖让仆人去准备吃的，但太乙真人说他要马上回去，于是太乙真人就去了乾元山。

Dì Èr Zhāng: Nézhā Nào Hǎi

Lǐ Jìng yījiā shēnghuó zài **Chéntáng** Guān, shíjiān hěn kuài guòqù, Nézhā yǐjīng zhǎng dào qī suì. Zhè qī nián, Nézhā xiàng Tàiyǐ Zhēnrén xuéxí dàoshù, dànshì méiyǒu tèbié de shìqíng fāshēng.

Yǒu yītiān, tiānqì tèbié **rè**, Nézhā rè dé nánshòu, yúshì tā wèn mǔqīn, "Māmā, wǒ xiǎng chūqù wán yīhuǐ'er, kěyǐ ma?"

**Yīn fūrén** hěn ài Nézhā, tā shuō, "Wǒ de háizi, nǐ kěyǐ qù wán, dànshì yào dài shàng yīgè púrén yīqǐ. Jìdé kuài diǎn huí jiā. Rúguǒ nǐ fùqīn huí jiā shí nǐ bùzài, tā huì dānxīn de."

Nézhā kāixīn dì shuō, "Hǎo de, mǔqīn, wǒ zhīdào le."

# 第二章：哪吒闹海

李靖一家生活在陈塘关，时间很快过去，哪吒已经长到七岁。这七年，哪吒向太乙真人学习道术，但是没有特别的事情发生。

有一天，天气特别热，哪吒热得难受，于是他问母亲，"妈妈，我想出去玩一会儿，可以吗？"

殷夫人很爱哪吒，她说，"我的孩子，你可以去玩，但是要带上一个仆人一起。记得快点回家。如果你父亲回家时你不在，他会担心的。"

哪吒开心地说，"好的，母亲，我知道了。"

Nézhā hé púrén yīqǐ chū le mén. Zǒu le yīhuǐ'er, tiānqì tài rè le, tāmen zǒu hěn màn. Nézhā rè dé dōu shì hàn, tā duì púrén shuō, "Nǐ kàn qiánmiàn yǒu shù, shù xià hǎoxiàng liángkuai xiē ba?"

Púrén zǒu dàoshù xià, gǎnjué hěn liángkuai. Tā mǎshàng pǎo lái gàosù Nézhā, "Qiánmiàn hěn liángkuai, wǒmen kuài qù ba." Nézhā tīng le hěn gāoxìng, tāmen zǒu dàoshù xià, tuō le yīfú.

Túrán, Nézhā kàn dào qiánmiàn yǒu yītiáo xiǎohé, yī kàn jiù hěn liángkuai, Nézhā hěn **xǐhuan**. Yúshì Nézhā zǒu qù xiǎohé. Tā duì púrén shuō, "Wǒ háishì hěn rè, chū le hěnduō hàn. Xiànzài wǒ yào qù xǐ xǐ liángkuai yīxià."

Púrén shuō, "Nín yào xiǎoxīn a, rúguǒ nín fùqīn huí jiā kànjiàn nín bùzài, huì hěn shēngqì, wǒmen yào zǎodiǎn huí jiā."

哪吒和仆人一起出了门。走了一会儿，天气太热了，他们走很慢。哪吒热得都是汗，他对仆人说，"你看前面有树，树下好像凉快些吧？"

仆人走到树下，感觉很凉快。他马上跑来告诉哪吒，"前面很凉快，我们快去吧。"哪吒听了很高兴，他们走到树下，脱了衣服。

突然，哪吒看到前面有一条小河，一看就很凉快，哪吒很喜欢。于是哪吒走去小河。他对仆人说，"我还是很热，出了很多汗。现在我要去洗洗凉快一下。"

仆人说，"您要小心啊，如果您父亲回家看见您不在，会很生气，我们要早点回家。"

Kěshì Nézhā hěn xǐhuan wán, tā xiào xiào shuō, "Wǒ zhīdào, méiguānxì, xiān wán."

Nézhā zuò zài xiǎohé lǐ de shítou shàng, kāishǐ xǐ Húntiān Líng. Nézhā bù zhīdào, zhè tiáo xiǎohé liánzhe Dōnghǎi Lónggōng. Nézhā xǐ Húntiān Líng de shíhou, xiǎohé de shuǐ biàn chéng le hóngsè. Tā yī xǐ Húntiān Líng, xiǎohé lǐ de shuǐ jiù yáo de lìhài, gǎnjué tiān hé de dōu zài yáo, Dōnghǎi Lónggōng yě zài yáo.

Zài Dōnghǎi Lónggōng lǐ, Dōnghǎi Lóngwáng Áo Guāng gǎnjué dào yáodòng, tā juéde hěn qíguài, wèn, "Zěnme yáo dé zhèyàng lìhài?" Yúshì tā ràng Yèchā qù kàn kàn.

可是哪吒很喜欢玩，他笑笑说，"我知道，没关系，先玩。"

哪吒坐在小河里的石头上，开始洗混天绫。哪吒不知道，这条小河连着东海龙宫[7]。哪吒洗混天绫的时候，小河的水变成了红色。他一洗混天绫，小河里的水就摇得厉害，感觉天和地都在摇，东海龙宫也在摇。

在东海龙宫里，东海龙王[8]敖光感觉到摇动，他觉得很奇怪，问，"怎么摇得这样厉害？"于是他让夜叉[9]去看看。

---

[7] 东海龙宫　Dōnghǎi Lónggōng – the East Sea Dragon Palace, a mythical underwater palace ruled by the Dragon King of the East Sea
[8] 东海龙王　Dōnghǎi Lóngwáng – the Dragon King of the East Sea, named Ao Guang, who controls the sea and weather
[9] 夜叉　　yèchā – yakshas, servants of the East Sea Dragon Palace. They have ugly and fierce appearances and are responsible for maintaining order around the Dragon Palace and carrying out tasks assigned by the Dragon King.

Yèchā dào le xiǎohé, chījīng de kàn dào héshuǐ shì hóngsè de. Ránhòu tā kàn dào yīgè xiǎohái názhe yīgè hóngsè de dōngxī zài wán shuǐ, yúshì Yèchā duìzhe Nézhā jiào, "Nǐ zhège pò xiǎohái, nǐ yòng shénme dōngxī bǎ xiǎohé nòng hóng le? Wǒmen Dōnghǎi Lónggōng dōu zài yáo!"

Nézhā yī kàn, zhè shìgè hěn bù hǎokàn de qíguài de dōngxī, lán sè de liǎn, hóngsè de tóufa, dàdà de zuǐ, dàdà de yá. Nézhā shuō, "Nǐ shìgè shénme qíguài de dōngxī, hái huì shuōhuà?"

Yèchā tīng dào zhè huà hěn shēngqì, tā shuō, "Dōnghǎi Lóngwáng ràng wǒ Yèchā lái shōushí nǐ de, nǐ zěnme néng shuō wǒ shì qíguài de dōngxī?" Ránhòu Yèchā cóng xiǎohé lǐ pǎo chūlái xiǎng dǎ Nézhā.

Nézhā kàn dào Yèchā hǎoxiàng hěn lìhài, yàoshi bèi tā dǎ dào, yīnggāi huì hěn téng, yúshì Nézhā mǎshàng jiù pǎo zǒu

夜叉到了小河，吃惊地看到河水是红色的。然后他看到一个小孩拿着一个红色的东西在玩水，于是夜叉对着哪吒叫，"你这个破小孩，你用什么东西把小河弄红了？我们东海龙宫都在摇！"

哪吒一看，这是个很不好看的奇怪的东西，蓝色的脸，红色的头发，大大的嘴，大大的牙。哪吒说，"你是个什么奇怪的东西，还会说话？"

夜叉听到这话很生气，他说，"东海龙王让我夜叉来收拾你的，你怎么能说我是奇怪的东西？"然后夜叉从小河里跑出来想打哪吒。

哪吒看到夜叉好像很厉害，要是被它打到，应该会很疼，于是哪吒马上就跑走

le. Kěshì Yèchā yòu lái dǎ Nézhā, Yèchā shì xiǎng dǎ sǐ tā.

Nézhā shìgè hěn cōngmíng de xiǎohái, tā zhīdào bùnéng pǎo le, yúshì tā ná chū le Qiánkūn Quān, diū dào tiānshàng. Zhè Qiánkūn Quān shì hěn lìhài de dōngxī, Yèchā tā shòu bùliǎo, tóu dōu bèi Qiánkūn Quān dǎ huài le! Yúshì, Yèchā sǐ zài le xiǎohé lǐ.

Qiánkūn Quān huí dào Nézhā shǒu lǐ, Nézhā kàn kàn Qiánkūn Quān shuō, "Zhège tǎoyàn de guài dōngxī, bǎ wǒ de Qiánkūn Quān dōu nòng zāng le." Ránhòu tā yòu dào shítou shàng zuòzhe, kāishǐ zài xiǎohé lǐ xǐ Qiánkūn Quān.

Nézhā yī xǐ Qiánkūn Quān, xiǎohé yòu kāishǐ yáo, Dōnghǎi Lónggōng dōu kuài dǎo le. Áo Guāng gǎnjué bù hǎo, tā shuō, "Yèchā zěnme hái bù huílái, yīnggāi yǒu dà shìqíng fāshēng!"

了。可是夜叉又来打哪吒，夜叉是想打死他。

哪吒是个很聪明的小孩，他知道不能跑了，于是他拿出了乾坤圈，丢到天上。这乾坤圈是很厉害的东西，夜叉他受不了，头都被乾坤圈打坏了！于是，夜叉死在了小河里。

乾坤圈回到哪吒手里，哪吒看看乾坤圈说，"这个讨厌的怪东西，把我的乾坤圈都弄脏了。"然后他又到石头上坐着，开始在小河里洗乾坤圈。

哪吒一洗乾坤圈，小河又开始摇，东海龙宫都快倒了。敖光感觉不好，他说，"夜叉怎么还不回来，应该有大事情发生！"

Jiù zài tāmen shuōhuà de shíhou, yǒurén lái gàosù Áo Guāng, "Bù hǎo le, Yèchā bèi yīgè xiǎohái dǎ sǐ le!"

Shēngqì de Áo Guāng shuō, "Shuí gǎn dǎ sǐ wǒ de rén? Dōu gēn wǒ zǒu, wǒ qù kàn kàn shì shuí gàn de!"

Zhè shí, Áo Guāng de sān érzi Áo Bǐng lái le, tā wèn, "Fùqīn, nín wèishénme shēngqì?" Áo Guāng jiù bǎ shìqíng gàosù le Áo Bǐng. Áo Bǐng shuō, "Fùqīn, nín bié shēngqì, wǒ qù bǎ nàge xiǎohái dài huílái."

Yúshì Áo Bǐng dàizhe rén, cóng Dōnghǎi Lónggōng chūfā le. Tāmen lái dào xiǎohé shí, Nézhā kànjiàn yòu lái le yīgè kàn qǐlái hěn lìhài de rén. Zhège rén shuō, "Shì shuí dǎ sǐ le wǒ de Yèchā?"

Nézhā mǎshàng hěn dàshēng de huídá, "Shì wǒ!"

Áo Bǐng kàn le kàn tā shuō, "Nǐ shì shuí?"

就在他们说话的时候，有人来告诉<u>敖光</u>，"不好了，<u>夜叉</u>被一个小孩打死了！"

生气的<u>敖光</u>说，"谁敢打死我的人？都跟我走，我去看看是谁干的！"

这时，<u>敖光</u>的三儿子<u>敖丙</u>来了，他问，"父亲，您为什么生气？"<u>敖光</u>就把事情告诉了<u>敖丙</u>。<u>敖丙</u>说，"父亲，您别生气，我去把那个小孩带回来。"

于是<u>敖丙</u>带着人，从<u>东海龙宫</u>出发了。他们来到小河时，<u>哪吒</u>看见又来了一个看起来很厉害的人。这个人说，"是谁打死了我的<u>夜叉</u>？"

<u>哪吒</u>马上很大声地回答，"是我！"

<u>敖丙</u>看了看他说，"你是谁？"

Nézhā shuō, "Wǒ shì Chéntáng Guān Lǐ Jìng de sān érzi Nézhā. Wǒ zhǐshì zài zhè'er wán shuǐ liángkuai liángkuai, nǐ nà bù dǒng lǐmào de Yèchā hái xiǎng dǎ wǒ, wǒ shǒu yī tái, tā zìjǐ jiù sǐ le."

Áo Bǐng tīng le fēicháng shēngqì, shuō, "Hǎohǎo hǎo, nǐ gè xiǎohái! Nǐ gǎn dǎ sǐ Yèchā, nǐ kàn wǒ jīntiān bù dǎ sǐ nǐ!" Shuōzhe, duì Nézhā dǎ lái.

Nézhā mǎshàng pǎo kāi, yībiān pǎo yībiān shuō, "Nǐ děng děng, xiǎng dǎ wǒ, nǐ yě dé xiān gàosù wǒ nǐ shì shuí?"

Áo Bǐng shuō, "Wǒ shì Dōnghǎi Lónggōng Áo Guāng de sān érzi Áo Bǐng."

Nézhā bù pǎo le, tā xiàozhe shuō, "Yuánlái nǐ shì Áo Guāng de érzi, nǐ yǒu shénme lìhài de. Yàoshi nǐ ràng wǒ bù gāoxìng, wǒ lián nǐ fùqīn yīqǐ dǎ."

哪吒说，"我是陈塘关李靖的三儿子哪吒。我只是在这儿玩水凉快凉快，你那不懂礼貌的夜叉还想打我，我手一抬，他自己就死了。"

敖丙听了非常生气，说，"好好好，你个小孩！你敢打死夜叉，你看我今天不打死你！"说着，对哪吒打来。

哪吒马上跑开，一边跑一边说，"你等等，想打我，你也得先告诉我你是谁？"

敖丙说，"我是东海龙宫敖光的三儿子敖丙。"

哪吒不跑了，他笑着说，"原来你是敖光的儿子，你有什么厉害的。要是你让我不高兴，我连你父亲一起打。"

Áo Bǐng shēngqì dé dà jiào, "Nǐ pǎo bùliǎo le, jīntiān wǒ dǎ sǐ nǐ zhè xiǎohái!" Tā yòu dǎ xiàng Nézhā. Nézhā cháng cháng de **Húntiān Líng** fēi le qǐlái, xiàng Áo Bǐng fēi qù, **Húntiān Líng** bǎ Áo Bǐng cóng xiǎohé lā dào Nézhā pángbiān.

Nézhā hěn kuài de bǎ jiǎo fàng zài Áo Bǐng de tóu shàng. Ránhòu Nézhā yòng **Qiánkūn Quān** dǎ Áo Bǐng de tóu. Áo Bǐng de lóng tǐ bèi dǎ le chūlái, Nézhā yī kàn, tā dǎ sǐ le yītiáo lóng, tā gāoxìng de qǔchū le Áo Bǐng de lóng jīn.

敖丙生气得大叫，"你跑不了了，今天我打死你这小孩！"他又打向哪吒。哪吒长长的混天绫飞了起来，向敖丙飞去，混天绫把敖丙从小河拉到哪吒旁边。

哪吒很快地把脚放在敖丙的头上。然后哪吒用乾坤圈打敖丙的头。敖丙的龙体[10]被打了出来，哪吒一看，他打死了一条龙，他高兴地取出了敖丙的龙筋[11]。

---

[10] 龙体　　lóngtǐ – the dragon's body, the true form of Ao Bing
[11] 龙筋　　lóngjīn – dragon tendon, a long, cord-like tissue that runs through the entire body of a dragon. In Chinese mythology, dragons are powerful and mysterious creatures, and their tendons are often regarded as valuable and possessing unique properties. A dragon has only one long dragon tendon.

Dì Sān Zhāng: Huòshì Jiànglín

Nézhā dǎ sǐ Áo Bǐng hòu, tā hěn kāixīn, yīnwèi tā yǒu le yītiáo hěn hǎo de lóng jīn. Tā xiǎng bǎ zhè tiáo lóng jīn gěi fùqīn. Zài huí jiā de lùshàng, tā yībiān zǒu yībiān gāoxìng de xiǎngzhe fùqīn huì yǒu duō kāixīn. Kěshì, Nézhā de púrén fēicháng hàipà, tā kūzhe duì Nézhā shuō, "Nín zhīdào nín gàn le shénme ma? Nà kěshì Dōnghǎi Lóngwáng de sān érzi, Dōnghǎi Lóngwáng kěndìng bù huì yuánliàng wǒmen de a!"

Nézhā yī liǎn qīngsōng de shuō, "Wǒ cái bùpà tā ne, Dōnghǎi Lóngwáng yàoshi lái zhǎo wǒ, wǒ jiù zài dǎ Dōnghǎi Lóngwáng a." Shuō wán, jiù kāixīn de wǎng Chéntáng Guān pǎo qù.

Dōnghǎi Lónggōng lǐ, Áo Guāng zhīdào Áo Bǐng bèi Nézhā shā le, tèbié shāngxīn, yīzhí kàn zhe érzi de lóng tǐ

# 第三章：祸事降临

哪吒打死敖丙后，他很开心，因为他有了一条很好的龙筋。他想把这条龙筋给父亲。在回家的路上，他一边走一边高兴地想着父亲会有多开心。可是，哪吒的仆人非常害怕，他哭着对哪吒说，"您知道您干了什么吗？那可是东海龙王的三儿子，东海龙王肯定不会原谅我们的啊！"

哪吒一脸轻松地说，"我才不怕他呢，东海龙王要是米找我，我就再打东海龙王啊。"说完，就开心地往陈塘关跑去。

东海龙宫里，敖光知道敖丙被哪吒杀了，特别伤心，一直看着儿子的龙体

kū. Shēng qì de Áo Guāng kūzhe shuō, "Lǐ Jìng, Nézhā, nǐmen děngzhe!" Ránhòu tā dàizhe rén, xiàng Chéntáng Guān chūfā!

Nézhā názhe lóng jīn, hěn gāoxìng de jìn le jiā qù zhǎo Lǐ Jìng, tā bǎ lóng jīn fàng zài Lǐ Jìng qiánmiàn shuō, "Fùqīn, jīntiān wǒ qù xiǎohé lǐ liángkuai, yǒu gè jiào Yèchā de dōngxī, wǒ dōu méi shuōhuà, tā jiù dǎ wǒ, wǒ jiù yòng Qiánkūn Quān bǎ tā dǎ sǐ le. Ránhòu yòu lái gè shénme Dōnghǎi Lóngwáng de érzi jiào Áo Bǐng, tā yě lái dǎ wǒ, wǒ jiù dǎ tā, yě bù zhīdào zěnme jiù dǎchū yītiáo lóng lái, wǒ xiǎng lóng jīn hěn guì de, jiù ná le lóng jīn lái, sòng gěi nín!"

Lǐ Jìng tīng le Nézhā shuō de, zuǐ zhāng dé dàdà de, guò le hěnjiǔ cái shuōhuà, "Nézhā, nǐ xiànzài mǎshàng qù zhǎo nǐ shīfu Tàiyǐ Zhēnrén, qǐng tā bāngmáng! Nǐ zhī bù zhīdào nǐ dǎ sǐ de shì Dōnghǎi Lóngwáng de jiārén, nà kěshì Dōnghǎi Lóngwáng a!"

哭。生气的<u>敖光</u>哭着说，"<u>李靖</u>，<u>哪</u>
<u>吒</u>，你们等着！"然后他带着人，向<u>陈</u>
<u>塘关</u>出发！

<u>哪吒</u>拿着龙筋，很高兴地进了家去找<u>李</u>
<u>靖</u>，他把龙筋放在<u>李靖</u>前面说，"父
亲，今天我去小河里凉快，有个叫<u>夜叉</u>
的东西，我都没说话，他就打我，我就
用<u>乾坤圈</u>把他打死了。然后又来个什么
<u>东海龙王</u>的儿子叫<u>敖丙</u>，他也来打我，
我就打他，也不知道怎么就打出一条龙
来，我想龙筋很贵的，就拿了龙筋来，
送给您！"

<u>李靖</u>听了<u>哪吒</u>说的，嘴张得大大的，过
了很久才说话，"<u>哪吒</u>，你现在马上去
找你师父<u>太乙真人</u>，请他帮忙！你知不
知道你打死的是<u>东海龙王</u>的家人，那可
是<u>东海龙王</u>啊！"

51

Nézhā shuō, "Fùqīn fàngxīn, wǒ bù rènshí tāmen, wǒ bùpà."

Áo Guāng dào Lǐ Jìng jiā de mén qián, tā yī chūxiàn, tiān dōu shì hēisè de. Áo Guāng shēngqì de jiàozhe. Tā nà lóng de shēngyīn hěn dà, zhōuwéi rén de ěrduǒ dōu shòushāng le.

Lǐ Jìng zhèngzài xiǎng Nézhā dǎ sǐ Áo Bǐng de shìqíng, tīng dào yǒu shēngyīn, tā mǎshàng chūqù kàn. Dāng tā kàn dào Áo Guāng zài tiānshàng jiào, tā zhīdào zhè xià máfan le. Áo Guāng kàn dào Lǐ Jìng, tā xiǎng mǎshàng dǎ sǐ Lǐ Jìng, tā shuō, "Lǐ Jìng, nǐ de hǎo érzi! Tā dǎ sǐ le wǒ de érzi Áo Bǐng, hái ná le tā de lóng jīn, jīntiān bìxū shā le Nézhā! Nǐ yàoshi bù ràng Nézhā chūlái, wǒ jiù ràng dōnghǎi de shuǐ yān le Chéntáng Guān, ràng Chéntáng Guān suǒyǒu rén dōu sǐ!"

哪吒说，"父亲放心，我不认识他们，我不怕。"

敖光到李靖家的门前，他一出现，天都是黑色的。敖光生气地叫着。他那龙的声音很大，周围人的耳朵都受伤了。

李靖正在想哪吒打死敖丙的事情，听到有声音，他马上出去看。当他看到敖光在天上叫，他知道这下麻烦了。敖光看到李靖，他想马上打死李靖，他说，"李靖，你的好儿子！他打死了我的儿子敖丙，还拿了他的龙筋，今天必须杀了哪吒！你要是不让哪吒出来，我就让东海的水淹了陈塘关，让陈塘关所有人都死！"

Lǐ Jìng fēicháng hàipà, tā xiàng Dōnghǎi Lóngwáng
shuō, "Dōnghǎi Lóngwáng, Nézhā shìgè xiǎohái,
jīntiān dōu shì tā de cuò, wǒ kěndìng huì hǎohǎo
shōushi tā. Hái xīwàng nín bùyào ràng dōnghǎi de
shuǐ yān le Chéntáng Guān, nàyàng dehuà suǒyǒu
Chéntáng Guān de rén dōuhuì sǐ a!"

Kě Áo Guāng bù tīng Lǐ Jìng de, zhǐ xiǎng shā le
Nézhā.

Zhège shíhou, Nézhā tīng dào shēngyīn, tā pǎo le
chūlái. Tā kàn dào Dōnghǎi Lóngwáng nà shēngqì de
yàngzi, bùdàn bù hàipà, hái shuō, "Shì wǒ Nézhā dǎ
sǐ le Áo Bǐng. Hé wǒ de fùqīn méiguānxì, hé
Chéntáng Guān de rén yě méiguānxì, nǐ yào shārén
jiù zhǎo wǒ!" Shuōzhe, Nézhā bǎ lóng jīn ná chūlái,
"Lóng jīn shì wǒ ná de, shì wǒ de cuò, nǐ bié zhǎo
wǒ fùqīn. Zhè lóng jīn gěi nǐ, háishì xīn de ne, wǒ yě
bù zhīdào bùnéng ná zhège a."

李靖非常害怕，他向东海龙王说，"东海龙王，哪吒是个小孩，今天都是他的错，我肯定会好好收拾他。还希望您不要让东海的水淹了陈塘关，那样的话所有陈塘关的人都会死啊！"

可敖光不听李靖的，只想杀了哪吒。

这个时候，哪吒听到声音，他跑了出来。他看到东海龙王那生气的样子，不但不害怕，还说，"是我哪吒打死了敖丙。和我的父亲没关系，和陈塘关的人也没关系，你要杀人就找我！"说着，哪吒把龙筋拿出来，"龙筋是我拿的，是我的错，你别找我父亲。这龙筋给你，还是新的呢，我也不知道不能拿这个啊。"

Dōnghǎi Lóngwáng kànzhe Nézhā, qì dé shuō bù chū huà lái. Děng le bàntiān, tā shuō, "Nézhā, jīntiān nǐ bìxū sǐ!"

Lǐ Jìng mǎshàng bǎ Nézhā bǎohù zài tā hòumiàn, tā duì Dōnghǎi Lóngwáng shuō, "Hái qǐng nín xiǎng yīxià, Nézhā zhǐshì gè háizi, wǒmen kěyǐ xiǎng bànfǎ."

Dōnghǎi Lóngwáng què jiàozhe, "Xiǎng bànfǎ? Wǒ de érzi yǐjīng sǐ le, zěnme xiǎng bànfǎ? Nǐ bù jiùshì bǎohù Chéntáng Guān ma, nà jiù xiǎoxīn wǒ yòng dōnghǎi de shuǐ lái yān le Chéntáng Guān!"

Zhōuwéi Chéntáng Guān de rén tīngjiàn Dōnghǎi Lóngwáng shuō de, dōu hěn hàipà, dōu zài qǐng Dōnghǎi Lóngwáng bùyào zhèyàng zuò.

Nézhā kànzhe zhè yīqiè, tā shífēn nánguò. Tā zhīdào, Dōnghǎi Lóngwáng xiànzài hěn shēngqì, yào shā le zìjǐ. Rúguǒ zìjǐ bù zhàn chūlái, Chéntáng Guān de suǒyǒu

东海龙王看着哪吒，气得说不出话来。等了半天，他说，"哪吒，今天你必须死！"

李靖马上把哪吒保护在他后面，他对东海龙王说，"还请您想一下，哪吒只是个孩子，我们可以想办法。"

东海龙王却叫着，"想办法？我的儿子已经死了，怎么想办法？你不就是保护陈塘关吗，那就小心我用东海的水来淹了陈塘关！"

周围陈塘关的人听见东海龙王说的，都很害怕，都在请东海龙王不要这样做。

哪吒看着这一切，他十分难过。他知道，东海龙王现在很生气，要杀了自己。如果自己不站出来，陈塘关的所有

rén jīntiān dōuhuì sǐ. Tā xiǎngqǐ fùqīn hé Tàiyǐ Zhēnrén dōu jiào zìjǐ, yù dào wèntí yào yǒnggǎn jiějué, yúshì tā duì fùqīn shuō, "Fùqīn, shì wǒ Nézhā dǎ sǐ le Áo Bǐng, zhè hé nín méiguānxì, hé Chéntáng Guān de rén yě méiguānxì, zhè shì wǒ zuò de shìqíng, ràng wǒ zìjǐ qù jiějué."

Lǐ Jìng lāzhe Nézhā shuō, "Nézhā, nǐ bié qù, fùqīn huì bǎohù nǐ."

Yīn fūrén yě pǎo guòlái, kūzhe bào zhù Nézhā, "Wǒ de érzi, nǐ bié qù a!"

Nézhā kànzhe ài zìjǐ de fùqīn hé mǔqīn, nánguò dé xiǎng kū, dàn tā háishì shuō, "Fùqīn, mǔqīn, zhǐyǒu zhège bànfǎ le."

Shuō wán, Nézhā líkāi fùqīn mǔqīn, zǒu dào Dōnghǎi Lóngwáng qiánmiàn. Tā kànzhe Áo Guāng, yǎnjing lǐ méiyǒu hài

人今天都会死。他想起父亲和<u>太乙真人</u>都教自己，遇到问题要勇敢解决，于是他对父亲说，"父亲，是我<u>哪吒</u>打死了<u>敖丙</u>，这和您没关系，和<u>陈塘关</u>的人也没关系，这是我做的事情，让我自己去解决。"

<u>李靖</u>拉着<u>哪吒</u>说，"<u>哪吒</u>，你别去，父亲会保护你。"

<u>殷夫人</u>也跑过来，哭着抱住<u>哪吒</u>，"我的儿子，你别去啊！"

<u>哪吒</u>看着爱自己的父亲和母亲，难过得想哭，但他还是说，"父亲、母亲，只有这个办法了。"

说完，<u>哪吒</u>离开父亲母亲，走到<u>东海龙王</u>前面。他看着<u>敖光</u>，眼睛里没有害

pà, Nézhā shuō, "Áo Guāng, nǐ érzi Áo Bǐng shì wǒ dǎ sǐ de, nǐ bùyòng shā biérén. Wǒ zhīdào nǐ xiǎng wǒ sǐ, nà wǒ Nézhā jiù sǐ gěi nǐ kàn! Jīntiān wǒ jiù bǎ zhè shēntǐ huán gěi fùqīn mǔqīn."

Dōnghǎi Lóngwáng xiàozhe shuō, "Hǎo, jìrán nǐ zhèyàng juédìng, wǒmen děngzhe kàn!"

Nézhā kàn le kàn fùqīn mǔqīn hé zhōuwéi Chéntáng Guān de rén, ránhòu ná qǐ yī bǎ jiàn. Zài dàjiā chījīng de shēngyīn zhōng, Nézhā yǒnggǎn de dǎ xiàng zìjǐ. Měi dǎ yīxià, Lǐ Jìng hé Yīn fūrén de xīn jiù bǐ Nézhā hái téng. Jiù zhèyàng, Nézhā de shēntǐ màn màn dǎo xià, tā yòng zìjǐ de shēngmìng ràng Dōnghǎi Lóngwáng bié shārén, bǎohù le Chéntáng Guān de rénmen.

怕，哪吒说，"敖光，你儿子敖丙是我打死的，你不用杀别人。我知道你想我死，那我哪吒就死给你看！今天我就把这身体还给父亲母亲。"

东海龙王笑着说，"好，既然你这样决定，我们等着看！"

哪吒看了看父亲母亲和周围陈塘关的人，然后拿起一把剑。在大家吃惊的声音中，哪吒勇敢地打向自己。每打一下，李靖和殷夫人的心就比哪吒还疼。就这样，哪吒的身体慢慢倒下，他用自己的生命让东海龙王别杀人，保护了陈塘关的人们。

Lǐ Jìng hé Yīn fūrén pǎo dào Nézhā pángbiān, tāmen bàozhe Nézhā de shēntǐ kū. Chéntáng Guān de rénmen yě dōu kū le, wèi Nézhā de yǒnggǎn shāngxīn.

Áo Guāng kàn dào Nézhā sǐ le, bù shēngqì le, kě tā háishì shuō, "Hēng, zhè shì Nézhā zìjǐ yào de jiéguǒ." Shuō wán, jiù dàizhe tā de rén líkāi le.

Suǒyǒu Chéntáng Guān de rén dōu hěn shāngxīn. Lǐ Jìng hé Yīn fūrén bǎ Nézhā de shēntǐ dài huí jiā zhōng, tāmen péi zài Nézhā pángbiān, tiāntiān kū. Rénmen dōu zhīdào le Nézhā de gùshi, zhīdào le tā de yǒnggǎn hé ài.

Tàiyǐ Zhēnrén zài Qiányuán Shān yě zhīdào le Nézhā de shìqíng, tā juédìng yào xiǎng xiǎng bànfǎ, yīnwèi zhège shìjiè bùnéng méiyǒu Nézhā.

李靖和殷夫人跑到哪吒旁边，他们抱着哪吒的身体哭。陈塘关的人们也都哭了，为哪吒的勇敢伤心。

敖光看到哪吒死了，不生气了，可他还是说，"哼，这是哪吒自己要的结果。"说完，就带着他的人离开了。

所有陈塘关的人都很伤心。李靖和殷夫人把哪吒的身体带回家中，他们陪在哪吒旁边，天天哭。人们都知道了哪吒的故事，知道了他的勇敢和爱。

太乙真人在乾元山也知道了哪吒的事情，他决定要想想办法，因为这个世界不能没有哪吒。

Dì Sì Zhāng: Liánhuā Huàshēn

Nézhā de húnpò líkāi le shēntǐ, fēi xiàng le Qiányuán Shān. Tàiyǐ Zhēnrén yǐjīng zhīdào Nézhā de húnpò yào lái, tā zhàn zài Qiányuán Shān shàng, kànzhe Nézhā nà xiǎo xiǎo de húnpò fēi guòlái.

Tàiyǐ Zhēnrén shuō, "Nézhā, nǐ lái le." Tā kū le. Nézhā de húnpò fēi dào Tàiyǐ Zhēnrén pángbiān, zhuàn le zhuàn, hǎoxiàng zài gàosù Tàiyǐ Zhēnrén bié shāngxīn.

Tàiyǐ Zhēnrén zhīdào, Nézhā suīrán yǒnggǎn, shénme dōu bù hàipà, dàn zhè cì de shìqíng duì Nézhā lái shuō tài dà le. Bùguò, Nézhā shì yào bǎohù shìjiè de, tā bù huì ràng Nézhā sǐ. Yúshì Tàiyǐ Zhēnrén xiǎng le xiǎng, tā juédìng yòng liánhuā ràng Nézhā zàishēng.

# 第四章：莲花化身

哪吒的魂魄[12]离开了身体，飞向了乾元山。太乙真人已经知道哪吒的魂魄要来，他站在乾元山上，看着哪吒那小小的魂魄飞过来。

太乙真人说，"哪吒，你来了。"他哭了。哪吒的魂魄飞到太乙真人旁边，转了转，好像在告诉太乙真人别伤心。

太乙真人知道，哪吒虽然勇敢，什么都不害怕，但这次的事情对哪吒来说太大了。不过，哪吒是要保护世界的，他不会让哪吒死。于是太乙真人想了想，他决定用莲花让哪吒再生。

---

12 魂魄　　húnpò – the two components of a person's soul or spirit. After death, 魂 (hún), the ethereal soul, ascends and disperses into the heavens, while 魄 (pò), the corporeal soul, dissipates into the earth.

Qiányuán Shān de liánhuā hěn dà hěn piàoliang.
Tàiyǐ Zhēnrén zǐxì de kànzhe liánhuā, zuìhòu zhǎo le
yīgè zuì hǎo de. Tàiyǐ Zhēnrén ná le zhège zuì
piàoliang de liánhuā, hěn xiǎoxīn de zuòzhe Nézhā
de shēntǐ. Xiànzài zhège liánhuā shì tā zuì ài de
dōngxī, měi yīgè dòngzuò dōu hěn xiǎoxīn.

Jiēzhe, tā yòu yòng yèzi wèi Nézhā zuò le yīfu.
Liánhuā hé yèzi yīqǐ chéngwéi le Nézhā de xīn
shēntǐ. Ránhòu Tàiyǐ Zhēnrén yòng dàoshù, ràng
Nézhā de húnpò qù zhǎo xīn shēntǐ. Dāng yǔ xīn
shēntǐ yī jiànmiàn, húnpò mǎshàng fāzhe guāng.
Ránhòu Tàiyǐ Zhēnrén kàn dào húnpò bùjiàn le,
Nézhā chūxiàn le.

Nézhā zhāng kāi yǎnjing kànzhe zìjǐ xīn de shēntǐ. Tā
yòu gāoxìng yòu xīngfèn. Tā gǎnjué zìjǐ méiyǒu
húnpò, dànshì gēbo hé tuǐ gèng lìhài le, érqiě zhè
shēntǐ yǒu tèbié de gǎnjué, hǎoxiàng hé tiāndì lián
zài yīqǐ, bù hàipà shuǐ hé huǒ, jiù xiàng yǒurén zài
bǎohù tā.

乾元山的莲花很大很漂亮。太乙真人仔
细地看着莲花，最后找了一个最好的。
太乙真人拿了这个最漂亮的莲花，很小
心地做着哪吒的身体。现在这个莲花是
他最爱的东西，每一个动作都很小心。

接着，他又用叶子为哪吒做了衣服。莲
花和叶子一起成为了哪吒的新身体。然
后太乙真人用道术，让哪吒的魂魄去找
新身体。当与新身体一见面，魂魄马上
发着光。然后太乙真人看到魂魄不见
了，哪吒出现了。

哪吒张开眼睛看着自己新的身体。他又
高兴又兴奋。他感觉自己没有魂魄，但
是胳膊和腿更厉害了，而且这身体有特
别的感觉，好像和天地连在一起，不害
怕水和火，就像有人在保护他。

Nézhā kànjiàn Tàiyǐ Zhēnrén, tā kū le, duì Tàiyǐ Zhēnrén shuō, "Xièxie nín, gěi le wǒ xīn de shēngmìng."

Tàiyǐ Zhēnrén xiàozhe kànzhe tā shuō, "Nézhā, nǐ zhè cì tài nán le, xiànzài kāishǐ nǐ yào duō ài zìjǐ, yù dào wèntí duō xiǎng xiǎng. Nǐ yǒu zìjǐ de shìqíng yào zuò, shìjiè hái xūyào nǐ qù bǎohù."

Nézhā bù kū le, tā shuō, "Wǒ míngbái le, wǒ yīdìng huì duō ài zìjǐ, bù ràng nín dānxīn le."

Ránhòu Tàiyǐ Zhēnrén gěi le Nézhā liǎng gè xīn de dōngxī, kāishǐ jiāo Nézhā xīn de dàoshù.

Tā xiān gěi le Nézhā Huǒjiān Qiāng. Tàiyǐ Zhēnrén gàosù Nézhā, zhè Huǒjiān Qiāng hěn lìhài. Nézhā ná zhe Huǒjiān Qiāng,

哪吒看见太乙真人，他哭了，对太乙真人说，"谢谢您，给了我新的生命。"

太乙真人笑着看着他说，"哪吒，你这次太难了，现在开始你要多爱自己，遇到问题多想想。你有自己的事情要做，世界还需要你去保护。"

哪吒不哭了，他说，"我明白了，我一定会多爱自己，不让您担心了。"

然后太乙真人给了哪吒两个新的东西，开始教哪吒新的道术。

他先给了哪吒火尖枪[13]。太乙真人告诉哪吒，这火尖枪很厉害。哪吒拿着火尖枪，

---

13 火尖枪　　Huǒjiān Qiāng – Fire-Tipped Spear, a spear with a blazing tip

wán le jǐ xià, gǎnjué shífēn hǎo, Huǒjiān Qiāng hé Nézhā de shēntǐ hǎoxiàng shì yīqǐ de.

Jiēzhe, Tàiyǐ Zhēnrén yòu gěi le Nézhā Fēnghuǒ Lún, Fēnghuǒ Lún shàng yǒu huǒ. Tàiyǐ Zhēnrén shuō, "Nézhā, zhè Fēnghuǒ Lún néng ràng nǐ fēi hěn kuài, kěyǐ mǎshàng dào nǐ xiǎng qù de dìfāng." Nézhā xīngfèn de zǒu shàng Fēnghuǒ Lún, yīxià jiù fēi le qǐlái, tā zài shānshàng fēi guòlái, fēi guòqù.

Nézhā měi yītiān dōu zài Qiányuán Shān nǔlì liànxí. Tā zhīdào, zìjǐ yào hǎohǎo zhàogù zhè cì de shēngmìng, tā yào liànxí de gèng nǔlì, cái kěyǐ bǎohù ài tā de rén. Tā zài liánhuā pángbiān liànxí dàoshù, yòng Huǒjiān Qiāng wán shuǐ. Tā de Fēnghuǒ Lún dàizhe tā zài tiānshàng huà chū yīgè gè měilì de yàngzi.

玩了几下，感觉十分好，<u>火尖枪</u>和<u>哪吒</u>的身体好像是一起的。

接着，<u>太乙真人</u>又给了<u>哪吒</u><u>风火轮</u>[14]，<u>风火轮</u>上有火。<u>太乙真人</u>说，"<u>哪吒</u>，这<u>风火轮</u>能让你飞很快，可以马上到你想去的地方。"<u>哪吒</u>兴奋地走上<u>风火轮</u>，一下就飞了起来，他在山上飞过来，飞过去。

<u>哪吒</u>每一天都在<u>乾元山</u>努力练习。他知道，自己要好好照顾这次的生命，他要练习得更努力，才可以保护爱他的人。他在<u>莲花</u>旁边练习道术，用<u>火尖枪</u>玩水。他的<u>风火轮</u>带着他在天上画出一个个美丽的样子。

---

[14] 风火轮 Fēnghuǒ Lún – Wind Fire Wheels, a pair of wheels that Nezha uses as his mode of transportation, allowing him to travel at incredible speeds, often surrounded by wind and fire

Guò le yīduàn shíjiān, Nézhā de dàoshù yǐjīng hěn lìhài le. Tā yǐjīng bùshì yǐqián de xiǎo Nézhā, xiànzài tā shì yīgè lìhài de rén le. Tàiyǐ Zhēnrén kànzhe Nézhā, shí fèn gāoxìng, tā zhīdào, shì shíhou ràng Nézhā qù bǎohù shìjiè le.

Tàiyǐ Zhēnrén bǎ Nézhā jiào lái, duì tā shuō, "Nézhā, shì shíhou le, nǐ líkāi Qiányuán Shān ba. Xiànzài Zhòu Wáng shì zhège shìjiè de wáng, tā bùshì hǎorén, suǒyǐ shìjiè hěn luàn, rénmen de shēnghuó dōuguò dé hěn bù hǎo. Nǐ yào qù zhǎo Jiāng Zǐyá Chéngxiàng, bāngzhù tā dǎ Zhòu Wáng, zhèyàng měi gèrén cáinéng dōuguò shàng hǎo de shēnghuó."

过了一段时间，哪吒的道术已经很厉害了。他已经不是以前的小哪吒，现在他是一个厉害的人了。太乙真人看着哪吒，十分高兴，他知道，是时候让哪吒去保护世界了。

太乙真人把哪吒叫来，对他说，"哪吒，是时候了，你离开乾元山吧。现在纣王是这个世界的王，他不是好人，所以世界很乱，人们的生活都过得很不好。你要去找姜子牙丞相[15]，帮助他打纣王，这样每个人才能都过上好的生活。"

---

15 丞相　　chéngxiàng – prime minister or chancellor. In ancient China, the highest-ranking official who advised the emperor and oversaw governmental administration.

Nézhā tīng Tàiyǐ Zhēnrén de. Tā líkāi le Tàiyǐ Zhēnrén, líkāi le Qiányuán Shān, qù zhǎo Jiāng Chéngxiàng le. Tā zhīdào, líkāi Qiányuán Shān kěnéng yǒu hěnduō kùnnan hé wéixiǎn, kěshì tā bù hàipà, yīnwèi tā yǐjīng sǐguò yīcì le, xiànzài de tā gǎnjué zìjǐ shì zuì lìhài de rén!

哪吒听<u>太乙真人</u>的。他离开了<u>太乙真人</u>，离开了<u>乾元山</u>，去找<u>姜丞相</u>了。他知道，离开<u>乾元山</u>可能有很多困难和危险，可是他不害怕，因为他已经死过一次了，现在的他感觉自己是最厉害的人！

Dì Wǔ Zhāng: Zhù Zhōu Fá Zhòu

Fēnghuǒ Lún dàizhe Nézhā líkāi Qiányuán Shān, nà Fēnghuǒ Lún yī zhuàn qǐlái, Nézhā hěn kuài jiù dào le Jiāng Chéngxiàng de dìfāng.

Jiāng Chéngxiàng de rén kànjiàn yīgè dài huǒ de rén, hěn kuài de fēi guòlái, mǎshàng wèn Nézhā, "Nǐ shì shuí, zhèlǐ bùnéng jìn, nǐ mǎshàng líkāi!"

Nézhā yī tīng, zhāngdà yǎnjing huídá shuō, "Nǐ yǎnjing huài le ma? Wǒ shì Chéntáng Guān Lǐ Jìng de sān érzi Nézhā, wǒ lái jiàn Jiāng Chéngxiàng de!"

Nà rén yī tīng "Nézhā" liǎng gè zì, mǎshàng pǎo qù zhǎo Jiāng Chéngxiàng le.

Guò le yīhuǐ'er, Jiāng Chéngxiàng chūlái le, tā tīng shuōguò Nézhā de gùshi, zhīdào tā hěn lìhài, xiànzài kànjiàn

# 第五章：助周伐纣

风火轮带着哪吒离开乾元山，那风火轮一转起来，哪吒很快就到了姜丞相的地方。

姜丞相的人看见一个带火的人，很快地飞过来，马上问哪吒，"你是谁，这里不能进，你马上离开！"

哪吒一听，张大眼睛回答说，"你眼睛坏了吗？我是陈塘关李靖的三儿子哪吒，我来见姜丞相的！"

那人一听"哪吒"两个字，马上跑去找姜丞相了。

过了一会儿，姜丞相出来了，他听说过哪吒的故事，知道他很厉害，现在看见

Nézhā yǎnjing dàdà de hěn hǎokàn, jiǎoxià hái dàizhe hóngsè de huǒ, Jiāng Chéngxiàng kàn dào Nézhā zhège yàngzi, shífēn kāixīn, hěn xǐhuan Nézhā.

Nézhā kànjiàn Jiāng Chéngxiàng, mǎshàng shuō, "Chéngxiàng, Tàiyǐ Zhēnrén gàosù le wǒ nín de míngzi, wǒ zhīdào nín wèi le suǒyǒu rénguò shàng hǎo de shēnghuó, xiǎng dǎ Zhòu Wáng. Wǒ Nézhā suīrán niánlíng xiǎo, dànshì yě hěn lìhài, wǒ xiǎng hé nín yīqǐ qù dǎ Zhòu Wáng, hái qǐng Chéngxiàng tóngyì."

Shuōzhe, Nézhā de Qiánkūn Quān fēi dào le tiānshàng, Qiánkūn Quān fāzhe guāng, zài tiānshàng hěn kuài de zhuàn le jǐ xià, suǒyǒu rén dōu zài rènzhēn de kànzhe. Ránhòu, Nézhā yòu názhe Húntiān Líng, zhè Húntiān Líng jiù xiàng lóng zài tiānshàng fēi. Nézhā yòu ná zhe Huǒjiān Qiāng, wǎng dìshàng yī fàng, Huǒjiān Qiāng yīxià jiù jìn dào dì li, zhōuwéi de dì dōu zài yáo.

哪吒眼睛大大的很好看，脚下还带着红色的火，姜丞相看到哪吒这个样子，十分开心，很喜欢哪吒。

哪吒看见姜丞相，马上说，"丞相，太乙真人告诉了我您的名字，我知道您为了所有人过上好的生活，想打纣王。我哪吒虽然年龄小，但是也很厉害，我想和您一起去打纣王，还请丞相同意。"

说着，哪吒的乾坤圈飞到了天上，乾坤圈发着光，在天上很快地转了几下，所有人都在认真地看着。然后，哪吒又拿着混天绫，这混天绫就像龙在天上飞。哪吒又拿着火尖枪，往地上一放，火尖枪一下就进到地里，周围的地都在摇。

Nézhā xiǎng ràng Jiāng Chéngxiàng kàn kàn
Fēnghuǒ Lún yǒu duō lìhài, tā kàn dào pángbiān de
shānshàng yǒu yīgè hóngsè de dōngxī, jiù yòng
Fēnghuǒ Lún fēi shàngtiān. Nézhā fēi dé hěn kuài,
dàjiā zhǐ kàn dào tiānshàng yǒu yīgè hóngsè de
guāng.

Nézhā zài tiānshàng xiàng niǎo yīyàng, hěn kuài jiù
fēi dào hěn yuǎn hěn gāo de dìfāng, kàn dào le nàge
hóngsè de dōngxī yuánlái shì liánhuā, tā bǎ liánhuā
ná qǐlái, yòu mǎshàng fēi huílái. Děng tā fēi dào
Jiāng Chéngxiàng zhèlǐ, rénmen dōu hái zài
tiānshàng zhǎo Nézhā, dàjiā zhǐ gǎnjué túran kàn
dào le hóngsè de guāng, Nézhā jiù yǐjīng zhàn zài le
dàjiā de qiánmiàn, shǒu lǐ názhe hóng liánhuā, shuō,
"Kàn wǒ zhè Fēnghuǒ Lún! Shuí néng bǐ wǒ kuài?"

Jiāng Chéngxiàng yī kàn, tā tài gāoxìng le, Nézhā tài
lìhài le! Tā hāhā yīxiào, shuō, "Hǎo Nézhā, nǐ xiǎng
bāngzhù wǒ, yòu zhèyàng lìhài, wǒ dāngrán
fēicháng huānyíng! Kuài gēn wǒ zǒu, wǒmen yīqǐ dǎ
Zhòu Wáng."

哪吒想让姜丞相看看风火轮有多厉害，他看到旁边的山上有一个红色的东西，就用风火轮飞上天。哪吒飞得很快，大家只看到天上有一个红色的光。

哪吒在天上像鸟一样，很快就飞到很远很高的地方，看到了那个红色的东西原来是莲花，他把莲花拿起来，又马上飞回来。等他飞到姜丞相这里，人们都还在天上找哪吒，大家只感觉突然看到了红色的光，哪吒就已经站在了大家的前面，手里拿着红莲花，说，"看我这风火轮！谁能比我快？"

姜丞相一看，他太高兴了，哪吒太厉害了！他哈哈一笑，说，"好哪吒，你想帮助我，又这样厉害，我当然非常欢迎！快跟我走，我们一起打纣王。"

Nézhā yī tīng, kāixīn le, tā gēn zài Jiāng Chéngxiàng hòumiàn, suǒyǒu rén dōu xiànmù de kànzhe tā. Nézhā xiǎngzhe yīdìng yào gēn Jiāng Chéngxiàng hǎohǎo nǔlì, ràng dàjiā dōu zhīdào tā zhēnzhèng de lìhài.

Nézhā hé Jiāng Chéngxiàng de rén yīqǐ dǎ Zhòu Wáng de rén. Měi yīcì, bùguǎn Zhòu Wáng de rén yǒu duō lìhài, Nézhā dōu xǐhuan dì yī gè qù dǎ. Tā de Fēnghuǒ Lún dàizhe tā fēi dé hěn kuài. Húntiān Líng zài tiānshàng xiàng yītiáo hóngsè de lóng yīyàng fēi, bèi Húntiān Líng dǎ dào de rén, dōu bèi dǎ fēi chūqù. Qiánkūn Quān yě hěn kuài de zhuànzhe dǎ rén, dàn méiyǒu shuí kěyǐ dǎ dào Qiánkūn Quān hé Húntiān Líng.

Jiāng Chéngxiàng de rén kàn dào Nézhā fēicháng yǒnggǎn, dōu hěn xǐhuan hé Nézhā zài yīqǐ. Yuè lái yuè duō Zhòu Wáng de rén kāishǐ liánzhe shībài.

哪吒一听，开心了，他跟在姜丞相后面，所有人都羡慕地看着他。哪吒想着一定要跟姜丞相好好努力，让大家都知道他真正的厉害。

哪吒和姜丞相的人一起打纣王的人。每一次，不管纣王的人有多厉害，哪吒都喜欢第一个去打。他的风火轮带着他飞得很快。混天绫在天上像一条红色的龙一样飞，被混天绫打到的人，都被打飞出去。乾坤圈也很快地转着打人，但没有谁可以打到乾坤圈和混天绫。

姜丞相的人看到哪吒非常勇敢，都很喜欢和哪吒在一起。越来越多纣王的人开始连着失败。

Zhòu Wáng yǒu yīgè lìhài de rén jiào Zhèng Lún, tā yě xuéguò lìhài de dàoshù, tā zhǐyào yòng bízǐ shuō "Hēng" de shēngyīn, bízǐ lǐ jiù huì fāchū báisè de guāng, zhǐyào zài báiguāng lǐ de rén, dōu huì dào zài dìshàng. Jiāng Chéngxiàng yǐjīng yǒusān gè lìhài de rén bèi Zhèng Lún yòng zhè zhǒng fāngfǎ shā le.

Nézhā hěn shēngqì, tā xīwàng Jiāng Chéngxiàng mǎshàng ràng tā qù dǎ Zhèng Lún.

Zhè tiān, Zhèng Lún yòu lái Jiāng Chéngxiàng zhèlǐ jiào, "Shuí hái gǎn chūlái gēn wǒ dǎ?"

Zhège shíhou, Nézhā jiǎo shàng shì Fēnghuǒ Lún, shǒu shàng shì Huǒjiān Qiāng, fēi chūqù shuō, "Nǐ jiùshì Zhèng Lún?"

Zhèng Lún shuō, "Wǒ Jiùshì, nǐ dǎ dé yíng wǒ ma?"

纣王有一个厉害的人叫郑伦，他也学过厉害的道术，他只要用鼻子说"哼"的声音，鼻子里就会发出白色的光，只要在白光里的人，都会倒在地上。姜丞相已经有三个厉害的人被郑伦用这种方法杀了。

哪吒很生气，他希望姜丞相马上让他去打郑伦。

这天，郑伦又来姜丞相这里叫，"谁还敢出来跟我打？"

这个时候，哪吒脚上是风火轮，手上是火尖枪，飞出去说，"你就是郑伦？"

郑伦说，"我就是，你打得赢我吗？"

Nézhā bù huídá tā, zhíjiē ná Huǒjiān Qiāng qù dǎ Zhèng Lún, Zhèng Lún yībiān hàipàzhe Nézhā de Huǒjiān Qiāng, yībiān yòng bízi xiàng Nézhā shuō, "Hēng", fāchū báiguāng, kěshì Nézhā méiyǒu xiàng qítā rén yīyàng dǎo xià, Zhèng Lún juéde hěn qíguài! Tā zhāojí le, jiù yòu hēng le hǎojǐ cì, Nézhā què shì mōzhe báiguāng xiào.

Nézhā dà xiàozhe shuō, "Nǐ zhè shǎzǐ, nǐ yǒu shénme bìng, yīzhí hēng?"

Zhèng Lún shēngqì dé xiǎng dǎ Nézhā, kěshì Nézhā bùxiǎng gēn tā wán le, tā bǎ Qiánkūn Quān jǔ zài tiānshàng, dǎ sǐ le Zhèng Lún. Zhèng Lún bù zhīdào, Nézhā de shēntǐ shì liánhuā zuò de, méiyǒu húnpò, suǒyǐ bù huì bèi tā de dàoshù dǎdǎo.

哪吒不回答他，直接拿火尖枪去打郑伦，郑伦一边害怕着哪吒的火尖枪，一边用鼻子向哪吒说，"哼"，发出白光，可是哪吒没有像其他人一样倒下，郑伦觉得很奇怪！他着急了，就又哼了好几次，哪吒却是摸着白光笑。

哪吒大笑着说，"你这傻子，你有什么病，一直哼？"

郑伦生气得想打哪吒，可是哪吒不想跟他玩了，他把乾坤圈举在天上，打死了郑伦。郑伦不知道，哪吒的身体是莲花做的，没有魂魄，所以不会被他的道术打倒。

Dànshì Nézhā yěyǒu shū de shíhou, yǒu yīgè rén jiào Dèng Chányù, tā fùqīn bèi Nézhā dǎ le. Dèng Chányù lái zhǎo Jiāng Chéngxiàng, tā jiàozhe, "Nǐmen shuí gǎn lái gēn wǒ dǎ?"

Jiāng Chéngxiàng ràng Nézhā qù. Nézhā yī chūqù, kàn dào shìgè nǔrén, tā mǎshàng shuō, "Děng děng! Nǐ shì nǔrén? Nǐ kuài huíqù, nǐ dǎ bù yíng wǒ, nǐ huíqù huàngè nán de, lìhài de, zàilái zhǎo wǒ dǎ."

Dèng Chányù xiǎng, Nézhā tài lìhài, wǒ quèshí dǎ bù yíng tā, bùguò wǒ kěyǐ xiǎng bànfǎ. Yúshì Dèng Chányù mǎshàng huíqù, Nézhā zhàn zài Fēnghuǒ Lún shàng xiào le. Zhè shí Dèng Chányù xiàng Nézhā diū le yī bǎ shítou, diū le jiù pǎo. Zhèxiē shítou zhènghǎo dǎ zài Nézhā de liǎn shàng, dǎ de Nézhā liǎn shàng yǒu lǜsè yǒu hóngsè, bízi yǎnjing dōu dǎ huài le.

但是哪吒也有输的时候，有一个人叫邓婵玉，她父亲被哪吒打了。邓婵玉来找姜丞相，她叫着，"你们谁敢来跟我打？"

姜丞相让哪吒去。哪吒一出去，看到是个女人，他马上说，"等等！你是女人？你快回去，你打不赢我，你回去换个男的、厉害的，再来找我打。"

邓婵玉想，哪吒太厉害，我确实打不赢他，不过我可以想办法。于是邓婵玉马上回去，哪吒站在风火轮上笑了。这时邓婵玉向哪吒丢了一把石头，丢了就跑。这些石头正好打在哪吒的脸上，打得哪吒脸上有绿色有红色，鼻子眼睛都打坏了。

Nézhā huíqù hěn shēngqì, tā bù shuōhuà, Jiāng Chéngxiàng wèn tā zěnme huì bèi dǎ le, Nézhā shuō, "Nàge nǚrén yòng shítou dǎ wǒ liǎn!"

Zhè shí Nézhā de péngyou Huáng Tiān Huà shuō, "Nézhā nǐ zhēn hǎoxiào, xiànzài lián nǚrén dōu dǎ bù yíng le, wǒ kàn nǐ nà zhāng liǎn yǐhòu yě jiù zhège chǒu yàngzi le."

Huáng Tiān Huà zhè jù huà bǎ Nézhā qì zǒu le.

Dì èr tiān, Dèng Chányù yòu lái zhǎo Jiāng Chéngxiàng de rén. Huáng Tiān Huà hěn gāoxìng de shuō ràng tā qù dǎ. Jiéguǒ Huáng Tiān Huà yě bèi Dèng Chányù yòng shítou bǎ liǎn dǎ le.

Huíqù jiàn Jiāng Chéngxiàng shí, Nézhā kāixīn de lái kàn, yī kàn Huáng Tiān Huà de liǎn bèi dǎ de bǐ zìjǐ hái lìhài, Nézhā shuō, "Nǐ lián gè nǚrén dōu dǎ bù yíng, wǒ kàn nǐ nà zhāng liǎn kěndìng yào chǒu 100 nián!"

哪吒回去很生气，他不说话，姜丞相问他怎么会被打了，哪吒说，"那个女人用石头打我脸！"

这时哪吒的朋友黄天化说，"哪吒你真好笑，现在连女人都打不赢了，我看你那张脸以后也就这个丑样子了。"

黄天化这句话把哪吒气走了。

第二天，邓婵玉又来找姜丞相的人。黄天化很高兴地说让他去打。结果黄天化也被邓婵玉用石头把脸打了。

回去见姜丞相时，哪吒开心地来看，一看黄天化的脸被打得比自己还厉害，哪吒说，"你连个女人都打不赢，我看你那张脸肯定要丑 100 年！"

Dèng Chányù shìge hěn lìhài de nǚrén, hòulái tā juéde Jiāng Chéngxiàng shìge hěn hǎo de rén, suǒyǐ tā jiù hé Nézhā, Huáng Tiān Huà yīqǐ qù dǎ Zhòu Wáng le.

邓婵玉是个很厉害的女人，后来她觉得
姜丞相是个很好的人，所以她就和哪
吒、黄天化一起去打纣王了。

Dì Liù Zhāng: Fēng Shén Zhī Lù

Jiù zhèyàng, Nézhā tāmen dǎ yíng le hěnduō Zhòu Wáng de rén. Yǒu yītiān, Tàiyǐ Zhēnrén lái zhǎo Nézhā. Tā dài le jiǔ. Tā shuō Nézhā cōngmíng yòu yǒnggǎn, ràng Nézhā hé tā yīqǐ hējiǔ.

Nézhā hěn gǎnxiè Tàiyǐ Zhēnrén, tā ná qǐ jiǔ, liánzhe hē le sān xià. Túrán, Nézhā gǎnjué zìjǐ zuǒbiān hěn qíguài. Duō le yī zhī gēbo! Nézhā hěn hàipà, tā wèn, "Wǒ zhè shì zěnme huí shì?"

Tā huà hái méi shuō wán, yòubiān yě duō chū yī zhī gēbo lái. Nézhā hàipà de kànzhe Tàiyǐ Zhēnrén. Zhè shí zuǒyòu yīqǐ xiǎng, yòu duō le liǎng zhī gēbo hé liǎnggè tóu, tā yīgòng yǒu sāngè tóu, liù zhī gēbo.

Nézhā máng wèn Tàiyǐ Zhēnrén zìjǐ zěnme le.

# 第六章：封神之路

就这样，<u>哪吒</u>他们打赢了很多<u>纣王</u>的人。有一天，<u>太乙真人</u>来找<u>哪吒</u>。他带了酒。他说<u>哪吒</u>聪明又勇敢，让<u>哪吒</u>和他一起喝酒。

<u>哪吒</u>很感谢<u>太乙真人</u>，他拿起酒，连着喝了三下。突然，<u>哪吒</u>感觉自己左边很奇怪。多了一只胳膊！<u>哪吒</u>很害怕，他问，"我这是怎么回事？"

他话还没说完，右边也多出一只胳膊来。<u>哪吒</u>害怕地看着<u>太乙真人</u>。这时左右一起响，又多了两只胳膊和两个头，他一共有三个头，六只胳膊。

<u>哪吒</u>忙问<u>太乙真人</u>自己怎么了。

Tàiyǐ Zhēnrén gāoxìng de shuō, "Nézhā, wǒ sòng nǐ sān tóu liù bì, zhèyàng nǐ jiù gèng lìhài le."

Nézhā shuō, "Xiànzài wǒ de gēbo hé tóu tài duō le, gǎnjué bù tài hǎo yòng a!"

Tàiyǐ Zhēnrén shuō, "Nézhā, sāngè tóu kěyǐ tóngshí kàn sāngè fāngxiàng, liùgè gēbo kěyǐ tóngshí ná liùgè dōngxī. Zhè sān tóu liù bì shì nǐ xūyào de shíhou cái huì chūxiàn. Wǒ zàisòng nǐ liùgè dōngxī, yǐhòu dǎ Zhòu Wáng, nǐ kěyǐ měi gè gēbo ná yīgè dōngxī."

Nézhā gāoxìng de gǎnxiè le Tàiyǐ Zhēnrén, yòng zìjǐ sān tóu liù bì de yàngzi qù jiàn Jiāng Chéngxiàng.

Jiāng Chéngxiàng de rén kànjiàn yīgè sān tóu liù bì de rén pǎo le guòlái, hěn shì hàipà, tāmen mǎshàng pǎo qù gàosù Jiāng

太乙真人高兴地说，"哪吒，我送你三头六臂[16]，这样你就更厉害了。"

哪吒说，"现在我的胳膊和头太多了，感觉不太好用啊！"

太乙真人说，"哪吒，三个头可以同时看三个方向，六个胳膊可以同时拿六个东西。这三头六臂是你需要的时候才会出现。我再送你六个东西，以后打纣王，你可以每个胳膊拿一个东西。"

哪吒高兴地感谢了太乙真人，用自己三头六臂的样子去见姜丞相。

姜丞相的人看见一个三头六臂的人跑了过来，很是害怕，他们马上跑去告诉姜

---

[16] 三头六臂 sāntóu liùbì – three heads and six arms, a powerful form taken by Nezha in battle

Chéngxiàng, "Yǒu yīgè sāngè tóu, wǔliù zhī gēbo de rén yào dǎ guòlái le! Qǐng Jiāng Chéngxiàng juédìng shìfǒu dǎ tā." Jiāng Chéngxiàng hái láibují shuōhuà, jiù tīngjiàn le Nézhā de shēngyīn, "Jiāng Chéngxiàng, wǒ Nézhā lái le!"

Jiāng Chéngxiàng pǎo qù yī kàn, shì sān tóu liù bì de Nézhā! Tā zhīdào Nézhā bǐ yǐqián gèng lìhài le, fēicháng de gāoxìng, tā shuō, "Xiànzài shuí dōu dǎ bù yíng Nézhā le."

Nézhā yǒu sān tóu liù bì de yàngzi hòu, dì yī gè dǎ de rén jiào Mǎ Zhōng. Mǎ Zhōng yě xué guò dàoshù. Mǎ Zhōng zuǐ lǐ néng fāchū hēisè de shuǐ, zhè zhǒng hēi shuǐ kěyǐ bǎ rén hé mǎ dōu shā sǐ. Mǎ Zhōng duì Nézhā shuō, "Nǐ jiùshì Nézhā? Wǒ kàn nǐ yě méishénme lìhài de, děngzhe wǒ dǎ nǐ ba."

丞相，"有一个三个头，五六只胳膊的
人要打过来了！请姜丞相决定是否打
他。"姜丞相还来不及说话，就听见了
哪吒的声音，"姜丞相，我哪吒来
了！"

姜丞相跑去一看，是三头六臂的哪吒！
他知道哪吒比以前更厉害了，非常的高
兴，他说，"现在谁都打不赢哪吒
了。"

哪吒有三头六臂的样子后，第一个打的
人叫马忠。马忠也学过道术。马忠嘴里
能发出黑色的水，这种黑水可以把人和
马都杀死。马忠对哪吒说，"你就是哪
吒？我看你也没什么厉害的，等着我打
你吧。"

Nézhā xiào le, tā shuō, "Wǒ kàn nǐ de liǎn gēn gè jī yīyàng chǒu, zěnme hái huì shuōhuà ne? Nǐ xiāng bù xiāngxìn wǒ kěyǐ yīxià bǎ nǐ shā sǐ?"

Mǎ Zhōng shēngqì de duì Nézhā fāchū hēisè de shuǐ. Dàn Fēnghuǒ Lún hěn kuài dàizhe Nézhā fēi dào tiānshàng, Nézhā yáo le yīxià, jiù yǒu le sān tóu liù bì de yàngzi. Mǎ Zhōngyī kàn dǎ bù yíng sān tóu liù bì de Nézhā, jiù xiǎng mǎshàng huíqù. Kěshì zhège shíhou Nézhā yòng quánbù liùgè dōngxī xiàng Mǎ Zhōng dǎ qù. Zhèxiē dōngxī yǒu fāchū huǒ de, fāchū shuǐ de, fāchū fēng de, fāchū lóng de. Mǎ Zhōng zěnme kěnéng dǎ dé yíng Nézhā.

Cóng zhè cì yǐhòu, dàjiā dōu zhīdào Nézhā yǒu sān tóu liù bì de yàngzi, zhīdào tā gèng lìhài le, méiyǒu rén dǎ dé yíng tā. Yǒu yītiān, zài dǎ yīgè chéngshì de shíhou, Nézhā yòng tā sān tóu liù bì de yàngzi chūxiàn zài zuì qiánmiàn. Chéngshì lǐ de rén yī kàn shì Nézhā lái le, yī

哪吒笑了，他说，"我看你的脸跟个鸡一样丑，怎么还会说话呢？你相不相信我可以一下把你杀死？"

马忠生气地对哪吒发出黑色的水。但风火轮很快带着哪吒飞到天上，哪吒摇了一下，就有了三头六臂的样子。马忠一看打不赢三头六臂的哪吒，就想马上回去。可是这个时候哪吒用全部六个东西向马忠打去。这些东西有发出火的、发出水的、发出风的、发出龙的。马忠怎么可能打得赢哪吒。

从这次以后，大家都知道哪吒有三头六臂的样子，知道他更厉害了，没有人打得赢他。有一天，在打一个城市的时候，哪吒用他三头六臂的样子出现在最前面。城市里的人一看是哪吒来了，一

gè dōu fēicháng hàipà. Yīn wéi shì Nézhā lái le, tāmen zhīdào dǎ bù yíng, suǒyǐ mǎshàng jiù pǎo le.

Nézhā hé Jiāng Chéngxiàng dǎ le Zhòu Wáng shí nián, zuìhòu Nézhā tāmen dǎ yíng le Zhòu Wáng de suǒyǒu rén, shìjiè zhōngyú ānjìng le.

Jiāng Chéngxiàng jǔxíng Fēng Shén Dà Diǎn, yīnwèi Nézhā hěn lìhài, dì yī gè chéngwéi shénxiān. Jiāng Chéngxiàng qǐng Nézhā hé tā yīqǐ liú zài zhège xīn de guójiā, kěyǐguò shàng hěn hǎo de shēnghuó. Kěshì Nézhā què bù xǐhuan.

Tā kànzhe wèi tā gāoxìng de rénmen, yě kàn dào le zìjǐ de guòqù, cóng tā tèbié de chūshēng, dào hé Dōnghǎi Lóngwáng de gùshi, zài dào liánhuā ràng tā zàishēng, zài dào hé Jiāng Chéngxiàng yīqǐ dǎ Zhòu Wáng zhè shí nián. Suǒyǒu de yī

个都非常害怕。因为是哪吒来了，他们知道打不赢，所以马上就跑了。

哪吒和姜丞相打了纣王十年，最后哪吒他们打赢了纣王的所有人，世界终于安静了。

姜丞相举行封神大典[17]，因为哪吒很厉害，第一个成为神仙。姜丞相请哪吒和他一起留在这个新的国家，可以过上很好的生活。可是哪吒却不喜欢。

他看着为他高兴的人们，也看到了自己的过去，从他特别的出生，到和东海龙王的故事，再到莲花让他再生，再到和姜丞相一起打纣王这十年。所有的一

---

[17] 封神大典 Fēng Shén Dà Diǎn – a ceremony where people or spirits are made gods, described in detail in the classic Chinese novel *Investiture of the Gods*

qiè, dōu yǒu Nézhā de yǒnggǎn. Hǎo de shìqíng shì, shìjiè yě zhōngyú kāishǐ hǎo le, rénmen dōuguò shàng le hěn hǎo de shēnghuó.

Yúshì Nézhā juédìng le, tā qù gàosù Jiāng Chéngxiàng, tā xiǎng qù Qiányuán Shān guò zìjǐ **xǐhuan** de shēnghuó. Yúshì zhè wèi Nézhā shénxiān, hé tā de fùqīn, mǔqīn, Tàiyǐ Zhēnrén, Jīnzhā hé **Mùzhā** yīqǐ qù le Qiányuán Shān.

切，都有哪吒的勇敢。好的事情是，世界也终于开始好了，人们都过上了很好的生活。

于是哪吒决定了，他去告诉姜丞相，他想去乾元山过自己喜欢的生活。于是这位哪吒神仙，和他的父亲、母亲、太乙真人、金吒和木吒一起去了乾元山。

# Nezha

## Chapter 1:
## The Birth of Nezha

A long time ago, there was a man named Li Jing. From a young age, he studied Daoist magic. He practiced diligently every day, hoping to one day become an immortal. However, becoming an immortal was too difficult, so he ultimately failed to achieve it and gave up his studies. Li Jing went to Chentang Pass and became the Commander of the pass. His duty was to safeguard Chentang Pass. He began living a good life.

Li Jing's wife, Lady Yin, was a beautiful woman. They had two sons: the eldest was named Jinzha, and the second son was Muzha. Both children studied Daoist magic with Daoist masters from an early age.

One day, Lady Yin told Li Jing that she was pregnant again. Li Jing was overjoyed, and the couple happily awaited the birth of their child. However, ten months passed, and the baby still had not been born. A year went by, then two years, and finally three years, yet Lady Yin's belly remained large and the child still had not been born.

Li Jing grew worried and said to Lady Yin, "A normal child is born in ten months. This baby has been in your womb for three and a half years and hasn't been born yet. This is too strange. I'm worried that what's in your belly might be something unusual."

Lady Yin was upset upon hearing this. She said, "I don't know why this baby hasn't been born yet either. I feel terrible, and I'm scared." After hearing Lady Yin's words, Li Jing became even more concerned that there was something wrong with the child, and he grew increasingly anxious.

That night, Lady Yin dreamed that a Daoist priest entered her room. He carried a small ball-like object as he approached her. Lady Yin became angry and said, "This is my room! How can you just come in? Leave!"

The Daoist said, "Lady Yin, don't be afraid. I've come to deliver your child. Here, take this quickly!" Before Lady Yin could respond, the Daoist placed the small ball in her hand and then left.

The moment Lady Yin touched the ball, she was overcome with fear and began sweating profusely. She immediately woke up, feeling very nervous. She immediately called Li Jing and told him about the dream. Li Jing also found it strange and said, "What does this dream mean? Could it be that the child is about to be born?"

At that moment, Lady Yin's belly began to hurt. Alarmed, Li Jing was extremely anxious and immediately had the servants make preparations and sent for a doctor. While waiting, Li Jing sat down to rest and thought to himself that, after three and a half years, this child was finally about to be born. But he wondered whether the birth would be good or bad.

As Li Jing thought about this, two servants rushed in, shouting in fear, "Something's wrong! Lady Yin has given birth to a ball!" Upon hearing this, Li Jing grabbed his sword and ran to the room.

When Li Jing entered the room, he saw that everything was bathed in red light, and the air was filled with a fragrant scent. On the floor was a ball, spinning rapidly. Shocked, Li Jing struck the ball with his sword.

With a loud "bang," the ball opened, and out came a child. His face was rosy, his body was fair, and he was extraordinarily cute. On his wrist, he wore a yellow ring, and he was draped in a red ribbon. Both items were glowing.

Seeing this adorable child running around, Li Jing was stunned. He put down his sword and thought, "How could such a lovely child be something strange? I should cherish him, not harm him." He walked over, picked up the child, and brought him to Lady Yin.

Upon seeing the child, Lady Yin smiled and said, "He's so adorable!"

Although both Li Jing and Lady Yin loved the child, they couldn't help but feel worried because his birth had been so unusual.

The next day, all of Li Jing's friends came to congratulate him. Li Jing was overjoyed and showed the child to everyone. They were all delighted. Just as the friends were leaving, a servant ran in and told Li Jing that a Daoist wanted to see him.

Since Li Jing had studied Daoism from a young age and respected Daoists, he immediately said to the servant, "Please bring him in."

The Daoist entered and greeted Li Jing with a smile. Li Jing quickly invited him to sit closest to him and asked, "May I know where you've come from and why you are visiting us today?"

The Daoist said, "I am from Mount Qianyuan. My name is Taiyi Zhenren. I've come to congratulate you on the birth of your child. I would also like to see him, if you don't mind."

Hearing this, Li Jing immediately told a servant to bring the child. He said to the Daoist, "Don't you think this child is very special?"

The Daoist saw the child and smiled, "Indeed, this child is extraordinary. The yellow ring on his wrist is called the Qian Kun Quan, and the red ribbon on him is the Hun Tian Ling. Both are among the finest treasures in Daoism! Tell me, what time of day was this child born?"

Li Jing replied, "At night."

The Daoist's expression grew serious. He said, "A child born at night is destined to be extraordinary, but may face many challenges in life."

Li Jing became worried and asked, "Taiyi Zhenren, will this child be in danger?"

Taiyi Zhenren replied, "There will be dangers, but this child will grow up to be extraordinary and accomplish great things."

The Daoist then asked, "Has the child been named yet?"

"Not yet."

"Then allow me to name him and become his teacher, guiding him in Daoist magic. What do you think?"

Li Jing was overjoyed and said, "It would be an honor for him to learn from you!"

The Daoist asked, "How many children do you have?"

Li Jing answered, "I have two other sons. The eldest is Jinzha, and the second is Muzha. They are also learning Daoist magic from Daoists. As for this child's name, I leave it to you to decide. Once he has a name, he can become your student."

After some thought, the Daoist said, "Let's call him Nezha. From today onward, this child will be my student. I will teach him the Daoist magic and guide him to protect the world."

Li Jing expressed his gratitude to the Daoist for naming Nezha and making him his disciple. Li Jing had a servant prepare food, but Taiyi Zhenren said he needed to return immediately. With that, Taiyi Zhenren left for Mount Qianyuan.

# Chapter 2:
# Nezha Causes Trouble in the Sea

The Li family lived in Chentang Pass, and time passed quickly. Nezha was now seven years old. During these seven years, Nezha had been learning Daoist magic from Taiyi Zhenren, but nothing unusual had happened.

One day, the weather was extremely hot, and Nezha felt uncomfortable. So he asked his mother, "Mom, I want to go out and play for a while. May I go?"

Lady Yin loved Nezha very much. She said, "My child, you can go out to play, but take a servant with you. Remember to come home quickly. If your father comes home and you're not here, he'll worry."

Nezha happily replied, "Okay, Mother. I understand."

Nezha and the servant left the house. After walking for a while, the heat became unbearable, so they walked very slowly. Nezha, sweating heavily, said to the servant, "Look, there's a tree up ahead. It looks cooler under its shade, doesn't it?"

The servant walked under the tree and found it was indeed cooler. He quickly ran back to Nezha and said, "It's very cool ahead. Let's go there." Nezha was delighted, and they walked to the tree, taking off their clothes to cool off.

Suddenly, Nezha saw a small river nearby. It looked refreshing. Nezha liked what he saw and went over to the river. He said to the servant, "I'm still hot and sweating a lot. I'm going to wash in the river and cool off."

The servant warned, "Please be careful. If your father comes home and sees you're not there, he'll be angry. We should return home soon."

But Nezha, eager to play, laughed and said, "I know, don't worry. Let me play first."

Nezha sat on a rock in the river and began washing his Hun Tian Ling. Unbeknownst to him, the small river was connected to the East Sea Dragon Palace. As Nezha washed, the river water turned red. With each washing, the river water trembled violently, as if the heavens and earth were shaking. The East Sea Dragon Palace also began to shake.

In the palace, Ao Guang, the Dragon King of the East Sea, felt the tremors and was puzzled. He asked, "Why is the palace shaking so much?" So he ordered his yaksha to investigate.

The yaksha reached the river and he was shocked to see the water had turned red. Then he noticed a child holding a red object, playing in the water. The yaksha shouted at Nezha, "You brat! What are you using to turn the river red? Our East Sea Dragon Palace is shaking because of you!"

Nezha looked up and saw a strange, ugly creature with a blue face, red hair, a large mouth, and big teeth. Nezha said, "What kind of strange thing are you? And you can talk?"

The yaksha was furious upon hearing this and said, "The Dragon King of the East Sea sent me to deal with you. How dare you call me a strange thing?" Then the yaksha leaped out of the river, intending to hit Nezha.

Nezha saw that the yaksha looked very powerful, and he knew that if the yaksha hit him, it would hurt a lot. So he quickly ran away. But the yaksha chased him, intent on killing him.

Nezha, being a clever child, realized he couldn't keep running. He pulled out his Qian Kun Quan and threw it into the air. The Qian Kun Quan was a powerful weapon, and the yaksha couldn't withstand it. His head was crushed, and he died in the river.

The Qian Kun Quan returned to Nezha's hand. Nezha looked at it and said, "This annoying creature has dirtied my Qian Kun Quan!" He then sat back on the rock and started washing the Qian Kun Quan in the river.

As Nezha washed, the river trembled once more, and the East Sea Dragon Palace was on the verge of collapsing. Ao Guang, feeling uneasy, said, "Why hasn't the yaksha returned? Something big must have happened!"

Just as they were speaking, someone ran in and told Ao Guang, "It's terrible! The yaksha has been killed by a child!"

Enraged, Ao Guang said, "Who dares kill my servant? Everyone, come with me to see who did this!"

Just then, his third son, Ao Bing, arrived. He said, "Father, why are you so angry?" Ao Guang explained the situation. Ao Bing said, "Father, don't be angry. I'll go bring that child back."

Ao Bing led a group of people and set out from the East Sea Dragon Palace. When they reached the river, Nezha saw another person approaching who looked very powerful. The man said, "Who killed my yaksha?"

Nezha immediately replied loudly, "It was me!"

Ao Bing looked at him and asked, "Who are you?"

Nezha said, "I am Nezha, the third son of Li Jing of Chentang Pass. I was just here playing in the water to cool off. Your rude yaksha tried to attack me, and with just a wave of my hand, he died."

Ao Bing was furious upon hearing this and said, "All right, you little brat! You dare to kill my yaksha? Just wait, I'll kill you today!" As he spoke, he lunged at Nezha.

Nezha quickly dodged and said, "Wait! If you're going to fight me, at least tell me who you are first."

Ao Bing replied, "I am Ao Bing, the third son of Ao Guang from the East Sea Dragon Palace."

Nezha stopped running and laughed, saying "So you're Ao Guang's son. What's so great about you? If you make me unhappy, I'll beat up your father too."

Ao Bing, enraged, yelled, "You won't escape! I'll kill you today, you brat!" He attacked Nezha again. Nezha's long Hun Tian Ling flew into the air and wrapped around Ao Bing, dragging him from the river to Nezha's side.

Nezha quickly placed his foot on Ao Bing's head. Then he struck Ao Bing's head with the Qian Kun Quan. Ao Bing's true dragon form was revealed, and Nezha saw that he had killed a dragon. Delighted, he extracted Ao Bing's dragon tendon.

# Chapter 3:
# Disaster Strikes

After Nezha killed Ao Bing, he was overjoyed because he had obtained a fine dragon tendon. He wanted to give this dragon tendon to his father. On his way home, he walked happily, imagining his father's delight. However, Nezha's servant was terrified and cried out to him, "Do you realize what you've done? That was the third son of the Dragon King of the East Sea! The Dragon King will never forgive us!"

Nezha replied nonchalantly, "I'm not afraid of him! If the Dragon King of the East Sea comes for me, I'll just defeat him too!" With that, he cheerfully ran toward Chentang Pass.

In the East Sea Dragon Palace, Ao Guang learned that Ao Bing had been killed by Nezha. He was heartbroken and wept over his son's lifeless body. Enraged, Ao Guang cried out, "Li Jing, Nezha, just you wait!" Then, he gathered his followers and set out for Chentang Pass.

Nezha, holding the dragon tendon, happily entered his home to find Li Jing. He placed the dragon tendon in front of Li Jing and said "Father! I went to the river to cool off today. A creature called a yaksha attacked me without saying a word, so I used my Qian Kun Quan to kill him. Then, some son of the Dragon King of the East Sea named Ao Bing came to attack me too. I fought back, and somehow he turned into a dragon. I figured the dragon tendon would be valuable, so I took it and brought it to you as a gift."

Li Jing listened to Nezha, his mouth open. After a long silence, he finally said, "Nezha! Go to your master, Taiyi Zhenren, immediately and ask for his help! Do you realize you've killed a family member of the Dragon King of the East Sea? That's the Dragon King of the East Sea we're talking about!"

Nezha replied, "Don't worry, Father. I don't know them, and I'm not afraid of them."

When Ao Guang arrived at Li Jing's doorstep, the sky turned dark as he appeared. Ao Guang roared in anger. His dragon voice was so loud, it hurt the ears of everyone nearby.

Li Jing, who had been thinking about the incident of Nezha killing Ao Bing, heard the commotion and rushed outside. When he saw Ao Guang floating in the sky, he knew trouble had arrived. Ao Guang, upon seeing Li Jing, wanted to kill him on the spot. He shouted, "Li Jing, your precious son killed my son Ao Bing, and even took his dragon tendon! Today, Nezha must die! If you don't hand him over, I will flood Chentang Pass with the waters of the East Sea, and everyone here will perish!"

Terrified, Li Jing pleaded with the Dragon King, saying, "Dragon King, Nezha is just a child. What happened today was entirely his fault, and I will surely discipline him. Please don't flood Chentang Pass, everyone here will die!"

But Ao Guang wouldn't listen. All he wanted was to kill Nezha.

At that moment, Nezha came outside, having heard the commotion. Facing the Dragon King's fury, he showed no fear "It was I, Nezha, who killed Ao Bing. This has nothing to do with my father or the people of Chentang Pass. If you want to kill someone, kill me!" With that, Nezha took out the dragon tendon and added, "I took the dragon tendon. It's my fault, so don't blame my father. I give you the dragon tendon, it's still fresh! I didn't know I wasn't supposed to take it."

The Dragon King of the East Sea stared at Nezha, too angry to speak. After a long pause, he finally said, "Nezha, today you must die!"

Li Jing quickly shielded Nezha behind him, he said to the Dragon King, "Please reconsider. Nezha is just a child. We can find a solution."

But the Dragon King roared, "A solution? My son is dead! What solution is there? Aren't you here to protect Chentang Pass? Then watch as I flood it with the waters of the East Sea!"

Hearing this, the people of Chentang Pass were terrified and begged the Dragon King not to carry out his plan.

Nezha, watching all of this, felt heartbroken. He realized that Ao Guang was furious and would kill him. If he didn't step forward, everyone in Chentang Pass would die. Remembering the teachings of his father and Taiyi Zhenren to face challenges bravely, he turned to his father and said, "Father, it was I, Nezha, who killed Ao Bing. This has nothing to do with you or the people of Chentang Pass. This is my doing, and I will resolve it myself."

Li Jing grabbed Nezha and said, "Nezha, don't go. I will protect you!"

Lady Yin also rushed over, sobbing as she embraced Nezha, and cried, "My child, don't go!"

Nezha looked at his loving parents, his heart aching, but he still said, "Father, Mother, this is the only solution."

With that, Nezha left his parents and walked up to the Dragon King. He looked at Ao Guang without fear in his eyes, and said, "Ao Guang, it was I who killed your son Ao Bing. You don't need to kill anyone else. I know you want me dead, so I will show you my death! Today, I will return this body to my parents."

The Dragon King sneered, "Good! If that's what you've decided, let's see it!"

Nezha glanced at his parents and the people of Chentang Pass, then picked up a sword. To everyone's shock, Nezha bravely struck himself. With each blow, Li Jing and Lady Yin's hearts ached more than Nezha's body. Slowly, Nezha's body collapsed to the ground. He had given his life to plead with the Dragon King to spare others, protecting the people of Chentang Pass.

Li Jing and Lady Yin rushed to Nezha's side, cradling his lifeless body and weeping. The people of Chentang Pass also wept, mourning Nezha's bravery.

Ao Guang, seeing that Nezha had died, felt his rage subside, but he still said, "Hmph, this is Nezha's own doing." With that, he left with his followers.

All the people of Chentang Pass were devastated. Li Jing and Lady Yin brought Nezha's body home and stayed by his side, crying every day. The people came to know Nezha's story, his bravery, and his love.

Meanwhile, Taiyi Zhenren heard what Nezha did. He decided to find a way to bring Nezha back, for the world could not be without him.

# Chapter 4:
# Rebirth with a Lotus Body

Nezha's spirit left his body and flew toward Mount Qianyuan. Taiyi Zhenren already knew that Nezha's spirit was coming. He stood on the mountain, watching as Nezha's small soul drew near.

"Nezha, you've arrived." Taiyi Zhenren said. He cried. Nezha's spirit floated beside him, circling gently as if to comfort him and tell him not to grieve.

Taiyi Zhenren understood that while Nezha was brave and fearless, this incident had been too much for him. However, Nezha's destiny was to protect the world, and Taiyi Zhenren would not let him die. After some thought, he decided to use a lotus flower to bring Nezha back to life.

The lotus flowers on Mount Qianyuan were large and beautiful. Taiyi Zhenren examined several flowers carefully and finally selected the finest one. With great care, he began crafting Nezha's new body from the lotus. Now this lotus flower had become his most cherished possession, and every movement was very gentle.

He then used the lotus leaves to create clothes for Nezha. Together, the lotus flower and leaves formed Nezha's new body. Then, using his magic, Taiyi Zhenren guided Nezha's spirit into the new body. As soon as the spirit encountered the body, it began to glow immediately. Taiyi Zhenren watched as the spirit vanished and Nezha reappeared.

Nezha opened his eyes wide and looked at his new body. He was filled with joy and amazement. He felt as though he no longer had his spirit, but his arms and legs were stronger than ever. Also, this entire body felt different, as if it were now connected to the heavens and the earth, unafraid of water or fire, as though it were protected by some divine force.

Seeing Taiyi Zhenren, Nezha began to cry, "Thank you for giving me a new life."

Taiyi Zhenren smiled at him and said, "Nezha, you have endured much hardship. From now on, you must learn to cherish yourself and think carefully when you face problems. You have a great purpose, and the world needs your protection."

Nezha stopped crying and said, "I understand. I will love myself more and not let you worry."

Taiyi Zhenren then handed Nezha two new items and began teaching him new magical skills.

First, he gave Nezha the Fire Tipped Spear. "This spear is extremely powerful," Taiyi Zhenren explained. Nezha took the spear and practiced with it a few times, and immediately felt its strength, as if it were an extension of his own body.

Next, Taiyi Zhenren gave Nezha the Wind Fire Wheels, which were adorned with flames. He said, "Nezha, these Wind Fire Wheels will let you fly at incredible speeds, taking you wherever you need to go in an instant." Excited, Nezha stepped onto the wheels and soared into the sky, darting back and forth across the mountain.

Every day, Nezha trained diligently on Mount Qianyuan. He knew he had to cherish this new life and practiced harder so he could protect those he loved. He practiced his techniques beside the lotus flowers, playing the Fire Tipped Spear against water. His Wind Fire Wheels carried him through the sky, leaving behind beautiful trails of light.

After some time, Nezha's skills became extraordinary. He was no longer the little Nezha of the past but a formidable figure. Taiyi Zhenren watched him with great pride, knowing it was time for Nezha to go out and protect the world.

Taiyi Zhenren called Nezha to him and said, "Nezha, the time has come for you to leave Mount Qianyuan. King Zhou now rules the land, but he is a tyrant. The people are suffering under his reign. Go and find Prime Minister Jiang Ziya. Help him overthrow King Zhou so that everyone can live a better life."

Nezha obeyed Taiyi Zhenren. He left both him and Mount Qianyuan to seek out Prime Minister Jiang. He knew that leaving the mountain might bring many challenges and dangers, but he felt no fear. After all, he had already died once, and now he felt like the strongest person alive!

# Chapter 5: Assisting Zhou Against Shang

The Wind Fire Wheels carried Nezha away from Mount Qianyuan, spinning so fast that he quickly arrived at Prime Minister Jiang's place.

When Prime Minister Jiang's men saw a figure surrounded by fire flying toward them at great speed, they immediately asked, "Who are you? You can't enter here! Leave at once!"

Nezha widened his eyes and replied, "Is there something wrong with your eyes? I'm Nezha, the third son of Li Jing from Chentang Pass! I'm here to see Prime Minister Jiang!"

Upon hearing the name "Nezha," the men immediately ran to inform Prime Minister Jiang.

A little while later, the Prime Minister emerged. He had heard of Nezha's legendary deeds and knew of his great power. Now, seeing the boy with his large, striking eyes and red flames swirling around his feet, the Prime Minister was delighted and took an instant liking to him.

When Nezha saw Prime Minister Jiang, he immediately said, "Prime Minister, Taiyi Zhenren told me your name. I know you're fighting against King Zhou to ensure a better life for the people. Though I am young, I am powerful. I wish to join you in defeating King Zhou. Please allow me to help."

As he spoke, Nezha's Qian Kun Quan flew into the air, glowing brightly as it spun rapidly. Everyone watched in awe. Then Nezha unleashed his Hun Tian Ling, which soared through the sky like a dragon. He planted the Fire Tipped Spear into the ground, causing the earth to tremble.

Nezha wanted to show the power of his Wind Fire Wheels to the Prime Minister. He saw a red object on a distant mountain, so he flew into the sky using the wheels. Nezha moved so fast that all anyone could see was a streak of red light.

Nezha flew toward it like a bird in the sky, reaching a distant and high place where he discovered that the red object was a lotus flower. He picked it up, and returned in an instant. When he landed in front of Prime Minister Jiang, everyone was still searching for Nezha in the sky. Suddenly, a red light appeared, and Nezha stood before them, holding a beautiful red lotus in his hand and said, "Look at my Wind Fire Wheels! Who can match my speed?"

The Prime Minister was overjoyed. Nezha was truly remarkable! He laughed heartily and said, "Amazing, Nezha! You're so powerful and eager to help. Of course, I welcome you! Come, let's fight King Zhou together!"

Nezha beamed with pride and followed the Prime Minister, and everyone looked at him with admiration. Nezha was determined to work hard alongside Prime Minister Jiang and prove his true strength to everyone.

Nezha fought alongside the Prime Minister's forces against King Zhou. In every battle, no matter how formidable King Zhou's men were, Nezha was always the first to charge. His Wind Fire Wheels carried him swiftly through the air. The Hun Tian Ling flew like a fiery dragon, striking enemies and sending them flying. His Qian Kun Quan spun rapidly, knocking down anyone in its path, while remaining untouchable.

The Prime Minister's soldiers admired Nezha's bravery and loved fighting alongside him. King Zhou's forces suffered more and more defeats.

King Zhou had a formidable warrior named Zheng Lun, who had also mastered powerful magical skills. By making a "hmph" sound from his nose, Zheng Lun could release beams of white light that caused anyone caught in them to collapse. He had already defeated three of the Prime Minister's top fighters.

Furious, Nezha asked for permission to confront Zheng Lun.

One day, Zheng Lun approached the Prime Minister's camp and shouted, "Who dares to fight me?"

At that moment, Nezha flew out, his feet on the Wind Fire Wheels and his Fire Tipped Spear in hand, "So, you're Zheng Lun?"

Zheng Lun replied, "I am. Do you think you can defeat me?"

Nezha didn't bother answering. He charged at Zheng Lun with his spear. Zheng Lun dodged the attack and released a beam of white light with a "hmph" from his nose. However, unlike others,

Nezha did not collapse. Zheng Lun was baffled! In a panic, he "hmphed" several more times, but Nezha even touched the white light and laughed.

Nezha burst into laughter and said, "You fool, what's wrong with you? Why are you snorting like that?"

Angry and flustered, Zheng Lun tried to fight back, but Nezha was done playing. He raised his Qian Kun Quan into the air and struck Zheng Lun dead. Zheng Lun had no idea that Nezha's body was made of lotus flowers and had no soul, making him immune to his magic.

Nezha wasn't invincible, though. A woman named Deng Chanyu, whose father had been defeated by Nezha, came to Prime Minister Jiang's camp and shouted, "Who dares to fight me?"

The Prime Minister sent Nezha to face her. When Nezha saw that his opponent was a woman, he immediately said, "Wait! You're a woman? Go back. You can't beat me. Find a strong man to fight me instead."

Deng Chanyu knew Nezha was too powerful and she couldn't win against Nezha in direct combat, so she devised a plan. She quickly retreated, and Nezha stood on his Wind Fire Wheels, laughing. Suddenly, Deng Chanyu threw a handful of stones at Nezha's face. The stones struck Nezha's face, leaving green and red bruises and injuring his nose and eyes.

Furious, Nezha returned. The Prime Minister asked what had happened, and Nezha said, "That woman threw rocks at my face!"

Huang Tianhua, one of Nezha's friends, teased him, "Nezha, you're hilarious. Now you can't even defeat a woman! I guess your face will stay that ugly."

Huang Tianhua's comment infuriated Nezha, and he stormed off.

The next day, Deng Chanyu returned to challenge Prime Minister Jiang's men again. Happily, Huang Tianhua volunteered to fight her. But he, too, was hit in the face by Deng Chanyu's stones.

When he returned to Prime Minister Jiang, Nezha came to see him and, upon noticing that Huang Tianhua's face was even more battered than Nezha's. Delighted, Nezha laughed and said, "You couldn't even beat a woman! Your face is going to be ugly for a hundred years!"

Deng Chanyu was a formidable woman. Eventually, she realized that Prime Minister Jiang was a good man and decided to join forces with Nezha and Huang Tianhua to fight against King Zhou.

# Chapter 6:
# The Path to Deification

In this way, Nezha and his companions defeated many of King Zhou's forces. One day, Taiyi Zhenren came to see Nezha. He brought wine. He praised Nezha for being smart and brave and invited him to drink.

Grateful, Nezha picked up the wine and drank three gulps in a row. Suddenly, Nezha felt something odd on his left side. Another arm appeared! Startled, he exclaimed, "What's happening to me?"

Before he finished speaking, another arm grew on his right side too. Nezha, frightened, looked at Taiyi Zhenren. Then, with a noise from both sides, he grew two more arms and two additional heads, giving him six arms and three heads.

Nezha anxiously asked Taiyi Zhenren what was going on.

Taiyi Zhenren, smiling, said, "Nezha, I've gifted you three heads and six arms to make you even more powerful."

Nezha said, "But now I feel clumsy with all these arms and heads!"

Taiyi Zhenren explained, "Three heads can watch three directions at once, and six arms can hold six weapons simultaneously. This form of three heads and six arms will only appear when you need it." He added, "I'll also give you six magical weapons, so each arm can wield one during battle with King Zhou."

Overjoyed, Nezha thanked Taiyi Zhenren and transformed into his three-headed, six-armed form to visit Prime Minister Jiang.

When Prime Minister Jiang's men saw a figure with three heads and six arms approaching, they panicked and ran to report to the Prime Minister, saying, "A monster with three heads and five or six arms is charging toward us! Please decide what to do?" Before the Prime Minister Jiang could respond, they heard Nezha's voice, "Prime Minister Jiang, it's me, Nezha!"

The Prime Minister hurried out and, seeing Nezha in his three-headed, six-armed form, he realized that Nezha had become even more powerful and was overjoyed. He exclaimed, "Nezha is now invincible!"

After gaining his three-headed, six-armed form, the first person Nezha fought was Ma Zhong. Ma Zhong also studied Daoist magic. His power lay in his ability to spit deadly black water from his mouth, which could kill both humans and horses. When Ma Zhong saw Nezha, he said, "So, you're Nezha? You don't look that impressive. Just wait, I'll defeat you."

Nezha laughed and said, "Your face is as ugly as a chicken's. How can you even speak? Do you believe I can kill you in an instant?"

Furious, Ma Zhong attacked and spewed black water at Nezha. However, Nezha, quick on his Wind Fire Wheels, soared into the sky. With a shake, Nezha transformed into his three-headed, six-armed form. Realizing he could not win the fight, Ma Zhong tried to flee. But Nezha struck Ma Zhong with all six weapons. Some unleashing fire, water, wind, and even dragons. There was no way Ma Zhong could win.

From then on, everyone knew about Nezha's three-headed, six-armed form and understood that he had become even more powerful. No one could defeat him. One day, while attacking a city, Nezha appeared at the forefront in his three-headed, six-armed form. The people in the city, upon seeing Nezha, were filled with fear. Knowing they had no chance, they immediately fled, for Nezha had arrived.

For ten years, Nezha and Prime Minister Jiang fought against King Zhou. In the end, they defeated all of King Zhou's forces, bringing peace to the world.

Prime Minister Jiang held a grand ceremony to create hundreds of new gods. As the most outstanding warrior, Nezha was the first to be granted immortality. The Prime Minister invited Nezha to stay and enjoy a prosperous life in the new kingdom. However, Nezha declined.

Looking at the cheering crowd, he reflected on his extraordinary journey, his miraculous birth, his battles with the Dragon King of East Sea, his rebirth from the lotus flower, and his decade of fighting alongside Prime Minister Jiang. All of it was a testament to Nezha's bravery. The good news was that the world had finally begun to heal, and people were living better lives.

So, Nezha made a decision. He went to Prime Minister Jiang and told him that he wished to return to Mount Qianyuan and live the life he desired. Thus, the god Nezha departed with his father, mother, Taiyi Zhenren, and his brothers, Jinzha and Muzha, and headed towards Qianyuan Mountain.

133

# Glossary of Proper Nouns

These are all the Chinese words for names, places and magical items appearing in this book.

| Chinese | Pinyin | English |
| --- | --- | --- |
| 敖丙 | Áo Bǐng | Ao Bing, son of the Dragon King of the East Sea, killed by Nezha |
| 敖光 | Áo Guāng | Ao Guang, the Dragon King of the East Sea |
| 陈塘关 | Chéntáng Guān | Chentang Pass, the town where Li Jing serves as commander |
| 邓婵玉 | Dèng Chányù | Deng Chanyu, a character who appears later in the story |
| 东海龙宫 | Dōnghǎi Lónggōng | the East Sea Dragon Palace, underwater palace of the Dragon King |
| 东海龙王 | Dōnghǎi Lóngwáng | the Dragon King of the East Sea (Ao Guang) |
| 封神大典 | Fēng Shén Dà Diǎn | the Investiture of the Gods ceremony, where people or spirits are made gods |
| 风火轮 | Fēnghuǒ Lún | Wind Fire Wheels, the magical wheels Nezha uses to travel at incredible speed |
| 黄天化 | Huáng Tiānhuà | Huang Tianhua, a character who appears later in the story |
| 混天绫 | Hùn Tiān Líng | Red Armillary Sash, Nezha's magical red silk ribbon weapon |
| 火尖枪 | Huǒjiān Qiāng | Fire-Tipped Spear, Nezha's magical spear weapon |
| 姜丞相 | Jiāng Chéngxiàng | Prime Minister Jiang, title used for Jiang Ziya throughout the story |

| 姜子牙 | Jiāng Zǐyá | Jiang Ziya, the wise strategist and prime minister who leads the rebellion against King Zhou |
| 金吒 | Jīnzhā | Jinzha, Li Jing's eldest son and Nezha's older brother |
| 李靖 | Lǐ Jìng | Li Jing, Nezha's father and commander of Chentang Pass |
| 马忠 | Mǎ Zhōng | Ma Zhong, an enemy warrior who fights Nezha |
| 木吒 | Mùzhā | Muzha, Li Jing's second son and Nezha's older brother |
| 哪吒 | Nézhā | Nezha, the protagonist of the story |
| 乾坤圈 | Qiánkūn Quān | Universe Bracelets, a pair of magical gold bracelets used as weapons |
| 乾元山 | Qiányuán Shān | Mount Qianyuan, where Taiyi Zhenren lives |
| 太乙真人 | Tàiyǐ Zhēnrén | Taiyi Zhenren, the immortal who becomes Nezha's master |
| 殷夫人 | Yīn Fūrén | Lady Yin, Nezha's mother |
| 郑伦 | Zhèng Lún | Zheng Lun, an enemy general who fights Nezha |
| 纣王 | Zhòu Wáng | King Zhou, the tyrannical last ruler of the Shang Dynasty |

# Glossary

These are all the Chinese words (other than proper nouns) used in this book.

| Chinese | Pinyin | English |
| --- | --- | --- |
| 啊 | a | ah, oh, what |
| 爱 | ài | love |
| 安静 | ānjìng | quiet, peaceful |
| 安全 | ānquán | safety |
| 吧 | ba | (indicates assumption or suggestion) |
| 把 | bǎ | (measure word for gripped objects) |
| 白(色) | bái (sè) | white |
| 半 | bàn | half |
| 办法 | bànfǎ | method |
| 帮(助) | bāng (zhù) | to help |
| 帮忙 | bāngmáng | to help |
| 半天 | bàntiān | long time |
| 抱 | bào | to wrap, bag |
| 保护 | bǎohù | to protect |
| 被 | bèi | (particle before passive verb) |
| 臂 | bì | arm (body part) |
| 比 | bǐ | compared to, than |
| 边 | biān | side |
| 变成 | biànchéng | to become |
| 别 | bié | do not, other |

| 病 | bìng | sick, illness |
|---|---|---|
| 必须 | bìxū | must |
| 鼻子 | bízi | nose |
| 不 | bù | no, not, do not |
| 不再 | bù zài | no longer |
| 不管 | bùguǎn | in spite of |
| 不过 | bùguò | but |
| 不见了 | Bùjiàn le | gone |
| 不了 | bùliǎo | no more |
| 才 | cái | only |
| 才能 | cáinéng | can only, ability, talent |
| 长 | cháng | long |
| 城(市) | chéng (shì) | city |
| 成(为) | chéng (wéi) | to become |
| 丞相 | chéngxiàng | prime minister |
| 吃(饭) | chī (fàn) | to eat |
| 吃惊 | chījīng | to be surprised |
| 丑 | chǒu | ugly |
| 出 | chū | out |
| 出生 | chūshēng | born |
| 出世 | chūshì | born |
| 出现 | chūxiàn | to appear |
| 次 | cì | next in a sequence, (measure word for time) |
| 从 | cóng | from |
| 聪明 | cōngmíng | clever |
| 从前 | cóngqián | once upon a time |

| 错 | cuò | wrong |
| 答 | dá | to reply |
| 大 | dà | big |
| 打 | dǎ | to hit, to play |
| 带 | dài | to carry, to lead, to bring |
| 大家 | dàjiā | everyone |
| 但(是) | dàn (shì) | but |
| 当 | dāng | when |
| 当然 | dāngrán | of course |
| 担心 | dānxīn | to worry |
| 到 | dào | to arrive, towards |
| 道 | dào | path, way, Dao, to say, (measure word for lines, orders) |
| 倒 | dǎo | to fall |
| 到处 | dàochù | everywhere |
| 道士 | dàoshì | Daoist priest |
| 道术 | dàoshù | Daoist magic |
| 大声 | dàshēng | loud |
| 地 | de | (adverbial particle) |
| 的 | de | of |
| 得 | dé | (particle showing degree or possibility) |
| 的话 | dehuà | if |
| 等 | děng | to wait |
| 第 | dì | (prefix before a number) |
| 点 | diǎn | a little, a bit; o'clock; dot |
| 地方 | dìfāng | place |
| 丢 | diū | to throw |

| 懂 | dǒng | to understand |
| 东 | dōng | east |
| 东西 | dōngxī | thing |
| 动作 | dòngzuò | action |
| 都 | dōu | all |
| 段 | duàn | (measure word for sections) |
| 对 | duì | correct, towards someone |
| 多 | duō | many |
| 肚子 | dùzi | belly, abdomen |
| 二 | èr | two |
| 耳(朵) | ěr (duo) | ear |
| 而且 | érqiě | and, with |
| 儿子 | érzi | son |
| 伐 | fá | to cut down |
| 发 | fā | to send, to issue |
| 放 | fàng | to put, to let out |
| 方法 | fāngfǎ | method |
| 房间 | fángjiān | room |
| 放下 | fàngxià | to lay down |
| 方向 | fāngxiàng | direction |
| 放心 | fàngxīn | rest assured |
| 发生 | fāshēng | to occur |
| 飞 | fēi | to fly |
| 非常 | fēicháng | very |
| 封 | fēng | (measure word for letters, mail) |
| 风 | fēng | wind |

| 封神大典 | fēngshéndàdiǎn | ceremony where people or spirits are made gods |
| 父(亲) | fù (qīn) | father |
| 夫(人) | fū (rén) | lady, madam |
| 负责 | fùzé | be responsible for |
| 敢 | gǎn | to dare |
| 干 | gān | dry, to do |
| 刚(才) | gāng (cái) | just, just a moment ago |
| 感觉 | gǎnjué | to feel |
| 感谢 | gǎnxiè | to thank |
| 高 | gāo | tall, high |
| 告诉 | gàosù | to tell |
| 高兴 | gāoxìng | happy |
| 个 | gè | (measure word, generic) |
| 个儿 | gè er | height |
| 胳膊 | gēbo | arm |
| 给 | gěi | to give |
| 跟(着) | gēn (zhe) | with, to follow |
| 更 | gèng | even |
| 宫 | gōng | palace |
| 怪 | guài | strange |
| 关 | guān | to turn off, to close, to lock up |
| 光 | guāng | light |
| 贵 | guì | expensive |
| 过 | guò | to pass, (after verb to indicate past tense) |
| 国(家) | guó (jiā) | nation |
| 过去 | guòqù | past, to pass by |

| 故事 | gùshi | story |
| 哈哈 | hāhā | ha ha |
| 还 | hái | still, also |
| 海 | hǎi | ocean |
| 孩(子) | hái (zi) | child |
| 还有 | hái yǒu | and also |
| 害怕 | hàipà | fear, scared |
| 还是 | háishì | still is |
| 汗 | hàn | sweat |
| 好 | hǎo | good, very |
| 好几 | hǎojǐ | several |
| 好看 | hǎokàn | good looking |
| 好像 | hǎoxiàng | to like |
| 和 | hé | and |
| 喝 | hē | to drink |
| 河(流) | hé (liú) | river |
| 黑色 | hēi (sè) | black |
| 很 | hěn | very |
| 哼 | hēng | snort |
| 红(色) | hóng (sè) | red |
| 后 | hòu | after, back, behind |
| 后来 | hòulái | later |
| 后面 | hòumiàn | behind |
| 化 | huà | to melt |
| 画 | huà | to paint, painting |
| 话 | huà | word, speak |
| 花(朵) | huā (duǒ) | flower |

| 坏 | huài | bad, broken |
| 换 | huàn | to exchange, to trade |
| 黄(色) | huáng (sè) | yellow |
| 欢迎 | huānyíng | welcome |
| 化身 | huàshēn | incarnation |
| 回 | huí | to return |
| 会 | huì | will, to be able to |
| 魂魄 | húnpò | soul |
| 火 | huǒ | fire |
| 祸事 | huòshì | disaster |
| 几 | jǐ | several |
| 鸡 | jī | chicken |
| 记(住) | jì (zhù) | to remember |
| 家 | jiā | family, home |
| 剑 | jiàn | sword |
| 尖 | jiān | pointed, tip |
| 见(面) | jiàn (miàn) | to see, to meet |
| 降临 | jiànglín | arrival |
| 叫 | jiào | to call, to yell |
| 脚 | jiǎo | foot |
| 教(会) | jiāo (huì) | to teach |
| 家人 | jiārén | family, family members |
| 结果 | jiéguǒ | result |
| 解决 | jiějué | to solve, settle, resolve |
| 接着 | jiēzhe | and then |
| 进 | jìn | to advance, to enter |
| 今 | jīn | this, these |

| 筋 | jīn | tendon |
|---|---|---|
| 金(子) | jīn (zi) | gold |
| 经历 | jīnglì | experience |
| 紧张 | jǐnzhāng | nervous, tension |
| 既然 | jìrán | now that |
| 就 | jiù | just, right now |
| 久 | jiǔ | long |
| 酒 | jiǔ | wine, liquor |
| 就是 | jiùshì | just is |
| 句 | jù | (measure word for word, sentence) |
| 举(起) | jǔ (qǐ) | to lift |
| 觉得 | juéde | to feel |
| 决定 | juédìng | to decide |
| 举行 | jǔxíng | to hold |
| 开 | kāi | open |
| 开始 | kāishǐ | to begin |
| 开心 | kāixīn | happy |
| 看 | kàn | to look |
| 看起来 | kàn qǐlái | it looks like |
| 看见 | kànjiàn | to see |
| 可 | kě | but, yet; (intensifier) |
| 可爱 | kě'ài | lovely, cute |
| 肯定 | kěndìng | affirm |
| 可能 | kěnéng | maybe |
| 可是 | kěshì | but |
| 可以 | kěyǐ | can |

| 空(气) | kōng (qì) | air, void, emptiness |
| --- | --- | --- |
| 哭 | kū | to cry |
| 快 | kuài | fast |
| 快点 | kuài diǎn | hurry up |
| 困难 | kùnnan | difficulty |
| 拉 | lā | to pull |
| 来 | lái | to come |
| 来不及 | láibùjí | too late, not enough time |
| 蓝(色) | lán (sè) | blue |
| 老师 | lǎoshī | teacher |
| 了 | le | (indicates completion) |
| 离 | lí | away from, to leave |
| 里(面) | lǐ (miàn) | inside |
| 莲 | lián | lotus |
| 连 | lián | even, to connect |
| 脸 | liǎn | face |
| 两 | liǎng | two |
| 凉快 | liángkuai | cool |
| 脸红 | liǎnhóng | blush |
| 练习 | liànxí | to exercise |
| 厉害 | lìhài | sharp, intense, ferocious |
| 离开 | líkāi | to leave |
| 礼貌 | lǐmào | polite |
| 流 | liú | to flow |
| 六(气) | liù | six |
| 留(下) | liú (xià) | to keep, to leave behind, to stay |
| 龙 | lóng | dragon |

| 路 | lù | road |
| --- | --- | --- |
| 绿(色) | lǜ (sè) | green |
| 乱 | luàn | chaotic, messy, confused |
| 吗 | ma | (indicates a question) |
| 马 | mǎ | horse |
| 麻烦 | máfan | trouble |
| 妈妈 | māma | mother |
| 慢 | màn | slow |
| 忙 | máng | busy |
| 马上 | mǎshàng | immediately |
| 没 | méi | no, not have |
| 每 | měi | every |
| 美(丽) | měi (lì) | beautiful |
| 没关系 | méiguānxì | it doesn't matter |
| 没有 | méiyǒu | no, not have |
| 们 | men | (indicates plural) |
| 门 | mén | door |
| 梦 | mèng | dream |
| 名(字) | míng (zi) | first name, name, (measure word for an occupation or profession) |
| 明白 | míngbái | to understand, clear |
| 摸 | mō | touch |
| 母亲 | mǔqīn | mother |
| 拿 | ná | to take |
| 那 | nà | that |
| 哪 | nǎ | where |
| 男 | nán | male |

| 难 | nán | difficult, rare |
| 难过 | nánguò | to be sad or sorry |
| 难受 | nánshòu | uncomfortable |
| 闹 | nào | noisy |
| 那样 | nàyàng | that way |
| 呢 | ne | (indicates question) |
| 能 | néng | can |
| 你 | nǐ | you |
| 年 | nián | year |
| 年龄 | niánlíng | age |
| 鸟 | niǎo | bird |
| 您 | nín | you (respectful) |
| 弄 | nòng | to transform |
| 弄脏 | nòng zāng | soil |
| 女 | nǚ | female |
| 努力 | nǔlì | work hard |
| 怕 | pà | afraid |
| 旁(边) | páng (biān) | beside |
| 跑 | pǎo | to run |
| 陪 | péi | accompany |
| 砰 | pēng | bang sound |
| 朋友 | péngyou | friend |
| 漂亮 | piàoliang | beautiful |
| 破 | pò | broken, damaged |
| 仆人 | púrén | servant |
| 气 | qì | gas, air, breath |

| 起 | qǐ | to rise, to get up; (verb complement) |
| 七 | qī | seven |
| 前 | qián | front, before, ago |
| 前面 | qiánmiàn | in front, before, side |
| 奇怪 | qíguài | strange |
| 起来 | qǐlái | (after verb, indicates start of an action) |
| 请 | qǐng | please |
| 轻松 | qīngsōng | easy |
| 请问 | qǐngwèn | excuse me |
| 其他 | qítā | other |
| 球 | qiú | ball |
| 妻子 | qīzi | wife |
| 去 | qù | to go |
| 取 | qǔ | to take |
| 圈 | quān | circle, to lock up |
| 全部 | quánbù | all, entire |
| 却 | què | but |
| 确实 | quèshí | really |
| 让 | ràng | to let, to cause |
| 然后 | ránhòu | then |
| 热 | rè | heat |
| 人 | rén | person, people |
| 认识 | rènshi | be acquainted with, to understand |
| 认真 | rènzhēn | serious |
| 如果 | rúguǒ | if |
| 三 | sān | three |

| 杀 | shā | to kill |
| 山 | shān | mountain |
| 上 | shàng | on, up |
| 伤心 | shāngxīn | sad |
| 傻子 | shǎzi | fool |
| 身(体) | shēn (tǐ) | body |
| 神(仙) | shén (xiān) | spirit, god |
| 生 | shēng | to give birth, to grow out |
| 生(活) | shēng (huó) | life |
| 声(音) | shēng (yīn) | sound |
| 生命 | shēngmìng | life |
| 生气 | shēngqì | anger |
| 什么 | shénme | what |
| 十 | shí | ten |
| 是 | shì | is, yes |
| 师(父) | shī (fu) | master |
| 时(候) | shí (hou) | time, moment, period |
| 事(情) | shì (qing) | thing |
| 石(头) | shí (tou) | stone |
| 失败 | shībài | failure |
| 十分 | shífēn | very |
| 是否 | shìfǒu | whether |
| 时间 | shíjiān | time, period |
| 世界 | shìjiè | world |
| 手 | shǒu | hand |
| 受不了 | shòu bùliǎo | can't stand it |
| 受伤 | shòushāng | injured |

| 收拾 | shōushi | tidy, punishment |
| 术 | shù | technique |
| 输 | shū | to lose |
| 树(木) | shù (mù) | tree |
| 谁 | shuí | who |
| 水 | shuǐ | water |
| 说(话) | shuō (huà) | to say |
| 说不出话来 | shuō bu chū huà lái | speechless |
| 四 | sì | four |
| 死 | sǐ | dead, to die |
| 送(给) | sòng (gěi) | to give a gift |
| 岁 | suì | years of age |
| 虽然 | suīrán | although |
| 所以 | suǒyǐ | so |
| 所有 | suǒyǒu | all |
| 他 | tā | he, him |
| 她 | tā | she, her |
| 它 | tā | it |
| 抬 | tái | lift |
| 太 | tài | too |
| 塘 | táng | pond |
| 讨厌 | tǎoyàn | to hate |
| 特别 | tèbié | special |
| 疼 | téng | pain |
| 体 | tǐ | body |
| 天 | tiān | day, sky |

| 天地 | tiāndì | heaven and earth |
| 天气 | tiānqì | weather |
| 天上 | tiānshàng | heaven |
| 条 | tiáo | (measure word for narrow, flexible things) |
| 听 | tīng | to listen |
| 听说 | tīng shuō | it is said that |
| 同时 | tóngshí | in the meantime |
| 同意 | tóngyì | to agree |
| 头 | tóu | head, (measure word for animal with big head) |
| 头发 | tóufa | hair |
| 腿 | tuǐ | leg |
| 脱(下) | tuō (xià) | to take off clothes |
| 突然 | túran | suddenly |
| 完 | wán | finished |
| 玩 | wán | to play |
| 王 | wáng | king |
| 往 | wǎng | to |
| 晚上 | wǎnshang | evening, night |
| 为 | wèi | for, as |
| 位 | wèi | (polite measure word for people) |
| 味道 | wèidào | taste, smell |
| 为了 | wèile | in order to |
| 为什么 | wèishénme | why |
| 危险 | wéixiǎn | danger |
| 问 | wèn | to ask |
| 问好 | wènhǎo | to say hello |

| 问题 | wèntí | problem, question |
| 我 | wǒ | I, me |
| 五 | wǔ | five |
| 洗 | xǐ | to wash |
| 下 | xià | down, under |
| 先 | xiān | first |
| 像 | xiàng | like, to resemble, statue |
| 向 | xiàng | towards |
| 响 | xiǎng | to make a sound |
| 想 | xiǎng | to want, to miss, to think of |
| 相 | xiāng | mutually |
| 香(火) | xiāng (huǒ) | incense, fragrant |
| 想起 | xiǎngqǐ | to recall |
| 相信 | xiāngxìn | to believe, to trust |
| 羡慕 | xiànmù | to envy, to admire |
| 现在 | xiànzài | now |
| 笑 | xiào | to laugh |
| 小 | xiǎo | small |
| 小心 | xiǎoxīn | careful |
| 些 | xiē | some |
| 谢谢 | xièxie | thank you |
| 喜欢 | xǐhuan | to like |
| 心 | xīn | heart/mind |
| 新 | xīn | new |
| 醒(来) | xǐng (lái) | to wake up |
| 兴奋 | xīngfèn | excited |
| 休息 | xiūxi | to rest |

| 希望 | xīwàng | to hope |
| 学 | xué | study |
| 学(习) | xué (xí) | to learn |
| 学生 | xuéshēng | student |
| 需要 | xūyào | to need |
| 牙(齿) | yá (chǐ) | tooth, teeth |
| 淹 | yān | flood |
| 眼(睛) | yǎn (jing) | eye |
| 样子 | yàngzi | to look like, appearance |
| 要 | yào | to want |
| 摇(动) | yáo (dòng) | to shake or twist |
| 要求 | yāoqiú | to request |
| 要是 | yàoshi | if |
| 也 | yě | also |
| 叶(子) | yè (zi) | leaf |
| 夜叉 | yèchā | yaksha, river spirit |
| 一 | yī | one |
| 一定 | yīdìng | must |
| 衣服 | yīfú | clothing |
| 一共 | yīgòng | altogether |
| 以后 | yǐhòu | after |
| 一会儿 | yīhuǐ'er | a while |
| 已经 | yǐjīng | already |
| 赢 | yíng | to win |
| 应该 | yīnggāi | should |
| 因为 | yīnwèi | because |
| 一起 | yīqǐ | together |

| 以前 | yǐqián | before |
| 一切 | yīqiè | everything |
| 医生 | yīshēng | doctor |
| 意思 | yìsi | mean |
| 一样 | yīyàng | same |
| 一直 | yīzhí | always, continuously |
| 用 | yòng | to use |
| 勇敢 | yǒnggǎn | brave |
| 又 | yòu | again, also |
| 有 | yǒu | to have |
| 右边 | yòubiān | right |
| 有名 | yǒumíng | famous |
| 有些 | yǒuxiē | some |
| 玉 | yù | jade |
| 与 | yǔ | and |
| 遇(到) | yù (dào) | encounter, meet |
| 远 | yuǎn | far |
| 原来 | yuánlái | turn out to be |
| 原谅 | yuánliàng | forgive |
| 月(亮) | yuè (liang) | month, moon |
| 越来越 | yuè lái yuè | more and more |
| 于是 | yúshì | then |
| 再 | zài | again |
| 在 | zài | in, at |
| 再生 | zàishēng | regeneration |
| 早 | zǎo | early |
| 怎么 | zěnme | how |

| 怎么样 | zěnme yàng | how about it? |
| 怎么了 | zěnmele | what's wrong |
| 站 | zhàn | to stand |
| 张 | zhāng | open, (measure word for pages, flat objects) |
| 章 | zhāng | chapter |
| 找 | zhǎo | to search for |
| 照顾 | zhàogù | to take care of |
| 着急 | zhāojí | in a hurry |
| 着 | zhe | (indicates action in progress) |
| 这 | zhè | this |
| 这儿 | zhè'er | here |
| 这里 | zhèlǐ | here |
| 这么 | zhème | so |
| 真 | zhēn | true, real |
| 正 | zhèng | correct, just |
| 正常 | zhèngcháng | normal |
| 正好 | zhènghǎo | just right |
| 正在 | zhèngzài | are |
| 这样 | zhèyàng | such |
| 只 | zhǐ | only |
| 之 | zhī | of |
| 知(道) | zhī (dào) | to know |
| 直接 | zhíjiē | direct |
| 只要 | zhǐyào | as long as |
| 种 | zhǒng | kind, type, sort |
| 中 | zhōng | in, middle |

| 忠 | zhōng | loyal |
| 终于 | zhōngyú | at last |
| 周 | zhōu | week |
| 周围 | zhōuwéi | around |
| 住 | zhù | to live, to hold, (verb complement) |
| 转 | zhuàn | to turn |
| 祝贺 | zhùhè | congratulate |
| 准备 | zhǔnbèi | to prepare |
| 字 | zì | written character |
| 自己 | zìjǐ | oneself |
| 仔细 | zǐxì | careful |
| 总 | zǒng | total |
| 总兵 | zǒngbīng | regional military commander |
| 走 | zǒu | to go, to walk |
| 最 | zuì | the most |
| 嘴 | zuǐ | mouth |
| 最好 | zuì hǎo | most |
| 最后 | zuìhòu | at last |
| 最近 | zuìjìn | recently |
| 做 | zuò | to do |
| 坐 | zuò | to sit |
| 左 | zuǒ | left (direction) |
| 左右 | zuǒyòu | approximately |

# About the Author

Ting Gao, born in 1982 in Sichuan, China, has a deep passion for traditional Chinese culture. Having traveled widely to collect folk tales, she is committed to sharing China's rich cultural heritage with the world. Through her work, she bridges cultural gaps and promotes cross-cultural understanding, exploring topics like Daoist culture, mythology, traditional Chinese medicine, and folk remedies. Her projects aim to bring ancient wisdom to contemporary audiences, fostering a deeper connection between cultures.